Là où j'ai survécu, j'ai appris à m'aimer

© 2024 Andréa Mudard
Édition : BoD · Books on Demand,
31 avenue Saint-Rémy, 57600 Forbach,
bod@bod.fr
Impression : Libri Plureos GmbH,
Friedensallee 273, 22763 Hamburg
(Allemagne)
ISBN : 978-2-3225-5621-2
Dépôt légal : Décembre 2024

Par Andréa MUDARD

"Se connaître, c'est s'aimer. Et s'aimer, c'est devenir libre."
— Lao-Tseu

Préface

Les relations toxiques laissent des marques profondes, souvent invisibles à l'œil nu. Elles s'infiltrent dans l'esprit, altèrent la perception de soi, et redéfinissent ce que l'on pense mériter.

Ce livre n'est pas seulement un témoignage, mais un cri de survie, une lumière dans la nuit pour ceux qui, comme moi, ont connu cet enfer.

L'amour, un mot si simple, si universel, et pourtant capable de cacher des réalités bien différentes selon qui le vit et qui le subit.

J'ai longtemps cru que c'était censé faire mal, que ça impliquait un sacrifice de soi, qu'il fallait plier, endurer, pour être aimée. Il m'a fallu traverser des tempêtes pour comprendre à quel point j'avais tort.

Pendant des années, j'ai cru que ce que je vivais était normal. Je croyais que l'amour devait être une lutte, un compromis constant entre souffrance et rédemption. Je pensais que pour être aimée, je devais d'abord me sacrifier.

Il m'a fallu tout autant d'années pour comprendre que l'amour véritable n'a rien à voir avec la domination ou la douleur.

L'amour ne devrait jamais faire mal.

Cette préface est une invitation à entrer dans ce récit non pas comme une simple lecture, mais comme un compagnon de route pour celles et ceux qui cherchent à comprendre, à guérir, ou à se libérer.

En écrivant ces pages, j'ai voulu non seulement raconter mon histoire, mais aussi donner une voix à toutes celles qui ne se sentent pas entendues.

Ce livre est né de cette compréhension tardive, mais libératrice. Ce n'est pas une histoire de vengeance ou de regret, mais une histoire de survie, de guérison, et de renaissance.

Il s'agit d'un cheminement qui m'a menée de l'enfermement d'une relation toxique à la redécouverte de la liberté intérieure, de la capacité à aimer et, surtout, à s'aimer soi-même.

Lorsque j'ai commencé à écrire, je ne savais pas encore que cela deviendrait bien plus qu'un simple témoignage personnel. Peu à peu, en mettant des mots sur mes douleurs et mes victoires, j'ai réalisé que mon histoire n'était pas unique. Elle est celle de milliers de femmes (et d'hommes) qui, eux aussi, ont été piégés par une relation destructrice, qui ont douté d'eux-mêmes, qui ont perdu de vue leur propre valeur.

Ce livre est pour vous. Ceux qui ont survécu à une relation qui les a brisés, ceux qui cherchent encore la sortie d'un cycle de manipulation et de violence. Celles et Ceux qui doutent, qui ont peur, qui pensent qu'ils ne sont pas assez forts pour partir.

Je suis là pour vous dire que vous l'êtes.

Dans ces pages, vous ne trouverez pas de solution miracle. Chaque chemin de guérison est unique, et chaque cicatrice raconte une histoire différente... La mienne a été longue, tortueuse, souvent incertaine. Mais j'ai trouvé des réponses, des forces insoupçonnées, et j'ai appris à m'aimer là où j'avais cru ne plus pouvoir le faire.

Personne n'aura jamais toutes les réponses... Mais si, à travers ces pages, je peux vous offrir un peu de lumière, un peu d'espoir, alors je saurai que ce voyage, aussi difficile soit-il, aura servi à quelque chose de bien plus grand que moi.

À celles et ceux qui sont toujours dans cette spirale destructrice, sachez ceci : votre voix compte. Vos émotions, vos craintes, vos espoirs sont valides. Vous méritez de vivre, d'être aimées, mais surtout, vous méritez de vous aimer.

Si ce livre parvient à faire résonner en vous une lueur d'espoir, si ces mots vous encouragent à croire que la liberté et la paix intérieure sont possibles, alors mon objectif est atteint.

Ce que vous vivez ne vous définit pas. Votre histoire ne s'arrête pas ici.

Là où vous survivez, vous pouvez apprendre à vous aimer à nouveau, et c'est la plus belle victoire que vous puissiez obtenir.

"Ceux qui sont forts ne sont pas ceux qui ne tombent jamais, mais ceux qui se relèvent à chaque fois."

— Confucius

Introduction

Ce livre est le récit d'un voyage. Un voyage à travers l'enfer d'une relation toxique, mais aussi à travers la résilience, la guérison, et finalement, la libération. Il raconte l'histoire de la chute lente et insidieuse dans la spirale destructrice d'un amour qui n'en était pas un, et de la lutte pour en sortir, pour se reconstruire, et pour réapprendre à s'aimer.

Pendant des années, j'ai cru que ce que je vivais était normal. J'ai cru que l'amour signifiait sacrifice, douleur, humiliation. J'ai accepté des comportements inacceptables, car je ne savais pas que j'avais le droit de dire non, de me protéger, de m'éloigner. J'ai vécu dans la peur, la confusion, et la honte. Et comme beaucoup de femmes (et d'hommes aussi), je me suis blâmée pour tout cela. J'ai cru que c'était ma faute, que j'étais celle qui devait changer.

Ce livre n'est pas seulement le récit de cette relation toxique, mais aussi celui de la transformation intérieure qui s'en est suivie. Parce qu'il ne suffit pas de quitter quelqu'un pour être libre. La véritable libération vient de l'intérieur, de ce travail profond et intime qui consiste à retrouver son estime de soi, à comprendre que l'amour ne devrait jamais être synonyme de souffrance, et à apprendre que la seule personne à qui l'on doit véritablement se prouver quelque chose, c'est soi-même.

À travers ces pages, je partage non seulement les moments les plus sombres, mais aussi les leçons les plus précieuses que j'ai apprises en chemin. Je parle de la douleur, des cicatrices invisibles, mais aussi de la lumière au bout du tunnel. Ce livre est une lettre ouverte à toutes celles et ceux qui, comme moi, ont cru qu'ils ou elles n'étaient pas assez, qu'ils ou elles ne méritaient pas mieux. C'est un message d'espoir, une invitation à comprendre que là où l'on survit, on peut aussi apprendre à s'aimer.

Je souhaite que ce livre soit une main tendue à ceux qui sont encore dans l'obscurité, une preuve que, peu importe à quel point l'on se sent brisé, il est possible de se reconstruire. Il est possible de retrouver la liberté, de découvrir un amour sain, et surtout, de réapprendre à s'aimer soi-même.

Que ces mots soient pour vous une source de force, de réconfort, et de résilience. Parce que vous méritez d'être aimés, par les autres, oui, mais surtout par vous-mêmes.

Là où j'ai survécu, j'ai appris à m'aimer.

Et vous le pouvez aussi.

Andréa M.

"La guérison n'est pas linéaire. C'est un voyage en spirale, où chaque tournant nous rapproche un peu plus de nous-mêmes."

— Anonyme

I. Chapitre 1
-
L'enfer Invisible

Je me souviens parfaitement du bruit. Ce claquement sec, inattendu, presque irréel. Un son qui a coupé le souffle de la pièce, comme si le monde lui-même avait retenu sa respiration.

La gifle est tombée, violente, brutale, et je suis restée figée. Mes pensées se sont arrêtées. Un blanc total. Je n'arrivais plus à comprendre. Mon cerveau avait comme disjoncté, incapable de traiter ce qu'il venait de se passer. Une partie de moi pensait : *Non, ça n'a pas pu arriver. Pas lui. Pas nous.* Je le regardais, cherchant une explication dans ses yeux, mais tout ce que je voyais, c'était du mépris. Et c'est à ce moment-là que j'ai compris que j'avais perdu une partie de moi-même, peut-être même toute entière.

Je ne savais plus pourquoi j'étais là, ni comment j'en étais arrivée à ce point. Mes souvenirs de la personne que j'avais été avant lui étaient flous, distants. À cet instant, je ne pouvais plus me rappeler quand j'avais été heureuse pour la dernière fois. Il avait réussi, sans que je le voie venir, à me couper de tout. Tous ceux qui m'étaient chers, mes amis, ma famille... Je les avais perdus, un par un, sous ses manipulations. "Ils ne te comprennent pas comme moi", qu'il me disait. Et j'avais fini par le croire.

À ce moment-là, seule une question me traversait l'esprit : *Qu'est-ce que je fais encore là ?*

Je me tenais debout, incapable de bouger, devant un homme que j'avais cru aimer, un homme en qui j'avais mis toute ma confiance. Pourtant, il m'avait fait du mal, non seulement par ce geste, mais avant ça, bien avant, par ses mots qui avaient lentement rongé mon amour propre. Je ne voyais plus que par lui. Il m'avait convaincue que sans lui, je n'étais rien. C'est là tout le piège : il ne m'a pas isolée d'un coup, non, il a pris son temps. Il s'est assuré que je n'avais plus personne sur qui compter à part lui et, ironiquement, sa propre famille — tout aussi toxique que lui.

Ma famille à moi vivait loin. À des centaines de kilomètres. Et même eux, j'avais fini par les éloigner, persuadée que leurs appels à l'aide n'étaient que de l'ingérence. Mais là, à cet instant, j'avais juste envie de les appeler. J'avais envie de courir dans leurs bras, de pleurer comme une enfant. Mais je ne l'ai pas fait.

Je restais là, figée, immobile, comme une proie devant un prédateur. Ma tête me hurlait de partir, mais mon corps refusait de bouger. La peur. Cette peur sourde qui te paralyse, te chuchote à l'oreille : *Peut-être que c'était ma faute... Peut-être que je l'ai mérité... Si seulement j'avais fait les choses différemment...*

C'est ça la prison. Ce n'est pas celle qu'on voit. Ce n'est pas les chaînes visibles, c'est cet enfermement dans ta propre tête. Chaque jour, il détruisait un peu plus ce qu'il restait de mon estime de moi, et moi, je le laissais faire. *Pourquoi je reste ?* Je me posais la question en boucle, mais je n'avais pas de réponse. Il avait détruit mes repères, ma capacité à me faire confiance, et à cet instant, je n'étais plus qu'une ombre de moi-même.

Je l'ai entendu dire quelque chose, mais les mots se perdaient dans le vide, comme si je n'étais plus vraiment là. Comme si je m'étais détachée de mon corps. Je ne me souviens même pas de sa justification. Tout ce que je savais, c'est que j'étais seule, terriblement seule. Et c'est ça qui me faisait le plus mal. Cette solitude qu'il avait façonnée autour de moi, cette cage invisible dont il détenait la clé.

Dans ce silence, au milieu de ma stupeur, une seule pensée se répétait, comme un murmure au fond de moi : *Tu dois partir.*

Mais partir signifiait affronter l'inconnu, la peur de ne rien trouver de l'autre côté. C'était terrifiant, presque plus terrifiant que de rester.

Et pourtant, à cet instant, j'ai senti quelque chose naître en moi, quelque chose de très faible, presque imperceptible : une envie de vivre, de retrouver celle que j'avais été avant lui. Une minuscule étincelle de révolte contre l'homme qui me tenait capturée dans son propre jeu, un jeu où il fixait les règles, et où je n'avais aucun droit, aucune voix.

Je n'ai pas encore bougé ce jour-là. Mais cette gifle... cette gifle a changé quelque chose en moi. Elle m'a montré la vérité que je refusais de voir. Ce n'était pas de l'amour. C'était autre chose, une monstruosité déguisée en amour. Un piège dans lequel j'étais tombée. Et si, à cet instant, je n'avais pas encore la force de partir, une partie de moi avait déjà commencé à chercher la sortie.

Je ne savais pas comment il avait fait. Comment, d'une manière si insidieuse, il avait réussi à prendre le contrôle sur chaque aspect de ma vie. À l'éloigner de moi, la vie d'avant, celle où je riais encore avec des amis, où j'avais des projets, des rêves. Tout avait disparu, et je ne m'en étais même pas rendu compte. Il avait réussi, oui. Réussi à m'éloigner de tout ce qui comptait, réussi à me contrôler sans même que je m'en aperçoive. Et moi, je l'avais laissé faire. Sans comprendre, sans même protester.

Ce n'est que bien plus tard que j'ai vu l'étendue des dégâts. Comment, petit à petit, il m'avait isolée. Les premières disputes avec mes amis ? Il les avait encouragées. "Ils ne te comprennent pas", répétait-il sans cesse. "Moi, je suis là, je te comprends." Et j'y avais cru, aveuglément. Les appels de ma famille ? "Ils sont trop loin, ils ne peuvent pas savoir ce que tu traverses vraiment." Encore une fois, j'avais laissé faire, appelant moins souvent et ne me fiant plus à leurs jugements, convaincue que c'était la meilleure chose à faire.

Et maintenant, j'étais seule. Entièrement dépendante de lui et de sa famille. Une famille qui, elle aussi, se nourrissait de cette toxicité. Leur mépris, leurs jugements cachés derrière des sourires hypocrites... Tout était calculé pour me faire sentir inférieure. Ils étaient devenus ma seule référence, les seules personnes à qui je pouvais m'adresser. J'étais piégée dans un monde qui n'était plus le mien.

Mais le pire, c'est que je n'osais pas le quitter. Pas parce que je l'aimais encore. Non, cet amour s'était éteint, étouffé par la peur et la tristesse, bien avant ce jour où il avait levé la main sur moi. Non, je restais parce que j'avais peur. Une peur viscérale, irrationnelle. Peur d'être seule face à ma propre vie. Et surtout, peur d'être seule face à ma maladie.

Je n'étais pas en bonne santé à cette époque. Mon corps me trahissait, fragile et affaibli. Et malgré tout, je me raccrochais à lui, à cette illusion de soutien qu'il me laissait entrevoir. Mais c'était faux, je le savais. Parce que, dans les moments où j'avais le plus besoin de lui, il n'était jamais là pour moi. Quand mon corps lâchait, quand ma santé déclinait, il disparaissait, me laissant seule avec mes douleurs, mes angoisses.

Je me rappelle encore les jours où je me sentais trop faible pour me lever, où mon corps refusait de suivre. Au lieu de m'apporter du réconfort, il se moquait de moi. Il ne le faisait jamais ouvertement, non. Il était plus subtil que ça. Ses moqueries étaient comme des murmures venimeux, lancés sous couvert de "blagues". "Tu es si fragile," qu'il disait, un sourire en coin. "Tu es sûre que tu ne fais pas semblant, juste pour attirer l'attention ?"

Ces mots... je les entends encore résonner dans ma tête. Ils me détruisaient un peu plus chaque fois. Mais à chaque attaque, je restais là, incapable de répliquer. C'était sournois, insidieux. Il n'était pas un monstre évident, mais une ombre rampante qui grignotait ce qu'il restait de ma confiance en moi, de ma force.

Pourquoi je ne pars pas ?, me demandais-je, encore et encore. La réponse était toujours la même : la peur. Pas juste la peur de l'inconnu, mais la peur de ne pas être capable de m'en sortir toute seule. La peur de faire face à cette maladie, à cette fragilité qui me rongeait, sans lui. Pourtant, il n'avait jamais été présent pour moi, jamais là quand j'avais vraiment besoin de lui. Mais malgré ça, je m'accrochais à cette illusion de soutien. J'avais tellement peur de tomber, seule.

Mais qu'est-ce qu'il t'apporte ? Cette question revenait souvent, surtout dans les moments de lucidité. Et chaque fois, je n'avais pas de réponse. Rien. Il ne m'apportait rien. Juste des promesses non tenues, juste des sourires qui cachaient le poison. Il n'était là que pour me détruire, pas pour m'aider. Pourtant, je restais. Paralysée par cette peur irrationnelle, ancrée dans ma chair.

Et si je tombais malade et que personne n'était là pour moi ?

C'était ça, le piège. C'était là qu'il m'avait eue, là qu'il m'avait enfermée. Il m'avait convaincue que je ne pouvais pas survivre sans lui. Que je n'étais pas assez forte. Que personne ne voudrait de moi dans cet état. C'était un mensonge, mais à cette époque, je l'avais accepté comme une vérité. Il avait fini par convaincre cette partie de moi qui doutait toujours.

Et alors que la gifle brûlait encore sur ma joue, cette réalité s'imposait de plus en plus dans mon esprit. Je n'avais jamais été libre. J'étais enchaînée, pieds et poings liés par mes peurs, mes doutes, mes blessures invisibles. Et lui... il n'était qu'un bourreau déguisé en sauveur.

"L'enfer est pavé de bonnes intentions… et de faux visages."
— Saint Bernard de Clairvaux

II. Chapitre
-
En proie au doute

Je me souviens du début de notre histoire qui était semblable à un rêve. Il avait tout pour plaire. J'étais jeune, fraîchement installée dans une nouvelle ville, dans un autre pays, prête à me plonger dans mes études et à découvrir ce que la vie avait à m'offrir. Il est entré dans ma vie à un moment où je ne cherchais pas l'amour. Je venais tout juste de m'installer, je n'avais besoin de rien d'autre qu'un peu de stabilité. Et puis, il est apparu.

Nous nous sommes rencontrés presque par hasard, lors d'une brocante. J'y étais pour dénicher quelques objets pour mon appartement, encore un peu vide, et lui se promenait avec sa sœur. Je ne prêtais pas vraiment attention à ce qui m'entourait, concentrée sur mes trouvailles, jusqu'à ce qu'il m'aborde, souriant.

Il avait cette assurance déconcertante, cette manière de rendre chaque mot intéressant, de capter l'attention sans effort. Nous avons échangé quelques banalités, une conversation légère, presque anodine. Il m'a fait rire. C'était si simple, naturel.

Avant que l'on se sépare, il a demandé mon numéro. Sans y penser vraiment, je le lui ai donné. Pourquoi pas, après tout ? Il n'y avait rien à perdre.

Les jours qui ont suivi, je n'y ai pas pensé. J'étais absorbée par mon quotidien d'étudiante, par cette nouvelle vie à laquelle je m'adaptais. L'idée de le recontacter ne m'a même pas traversé l'esprit. Je n'étais pas là pour une relation, je me disais que ce n'était pas le bon moment.

Mais lui... il a persisté. Il m'a envoyé des messages, des petites attentions discrètes, toujours bien dosées. Jamais trop, juste assez pour attirer mon attention.

Peu à peu, je me suis laissée séduire. Il savait quoi dire, toujours. Des compliments bien placés, des mots parfaits qui me donnaient l'impression d'être spéciale. Il avait cette aura de gentleman des temps modernes. Un prince charmant avec des manières impeccables, des gestes attentionnés, et une patience qui semblait infinie. Chaque rendez-vous semblait soigneusement orchestré pour me faire fondre un peu plus.

Il était tellement parfait que je me suis dit : *Pourquoi pas ? Pourquoi ne pas essayer de voir où cela pourrait nous mener ?*

Les choses sont allées vite, très vite. Plus vite que je ne l'aurais voulu. Il était pressé de nous voir ensemble, de rendre les choses officielles. Ça m'a étonnée au début, cette envie si forte de se projeter, de faire des plans pour un futur à deux. Mais il avait ce talent pour me faire croire que tout était normal, que c'était ainsi que l'amour devait être : intense, immédiat, inévitable. Alors j'ai suivi, presque portée par l'élan de sa certitude.

Au bout d'un an, nous vivions ensemble. Ce qui avait commencé comme une romance de conte de fées s'était transformé en une réalité rapide, presque trop rapide.

Ma famille, inquiète au départ, était venue nous rendre visite. Et là encore, il avait réussi son coup. Il avait charmé tout le monde, ma tante, mes cousins... Même ma mère, pourtant réservée et protectrice, était repartie rassurée, conquise par son charme et sa gentillesse apparente. Ils avaient vu en lui ce qu'il voulait bien montrer : un homme attentionné, aimant, parfait sous tous les angles.

Moi aussi, je voulais croire à cette version. Je voulais croire que je vivais une histoire d'amour comme dans les films.

Il est si parfait... C'est moi qui dois être chanceuse, me disais-je.

Mais dans un coin de ma tête, quelque chose ne tournait pas rond. Ça allait trop vite.
Pourquoi cette précipitation ? Pourquoi ne pas prendre notre temps ?

Je n'ai pas écouté cette petite voix intérieure. Je l'ai étouffée, convaincue que je devais être heureuse. Pourtant, les premiers signes étaient là. Discrets, presque imperceptibles. Des petites critiques glissées dans la conversation, des remarques qui semblaient innocentes mais qui, peu à peu, ont commencé à saper ma confiance.

"Tu devrais t'habiller un peu plus féminine," me disait-il parfois, le sourire aux lèvres... j'avais eu une période "garçon manqué" à l'adolescence, et je me sentais souvent encore plus à l'aise en pantalon qu'en jupe. Ça sonnait comme un conseil bienveillant, mais ça ne l'était pas. Chaque remarque laissait une trace, un doute, une question.

Est-ce que je fais assez d'efforts ? Est-ce que je suis à la hauteur ?

Puis, il y avait ces moments où il devenait distant sans raison apparente. Il n'y avait pas de colère, juste cette froideur, comme s'il retirait soudainement son affection, sans explication. Ces silences pesants où je ne comprenais pas ce que j'avais fait de mal. Et là, je me surprenais à chercher en moi-même l'erreur. *Qu'ai-je fait ? Pourquoi il me rejette ainsi ?* J'étais perdue. Confuse.

C'est là que les premières failles sont apparues, mais à l'époque, je ne les voyais pas clairement. Je pensais que c'était moi. Que je devais faire plus, être meilleure, plus aimante. Alors je m'accrochais, je faisais des efforts pour le satisfaire, pour retrouver l'homme parfait des débuts. Celui qui me faisait rire et qui semblait tellement épris de moi.

Ce qui est le plus sournois dans ce genre de manipulation, c'est que cela ne se fait jamais d'un coup. Il ne m'a pas brusquement rabaissée. Non, il a pris son temps. Chaque petit coup porté à ma confiance en moi était délicat, presque imperceptible. Un commentaire ici, une petite critique là. Jusqu'à ce que, sans m'en rendre compte, je commence à douter de tout : de mes choix, de mon apparence, de ma valeur.

Il avait ce don pour inverser les rôles, pour faire passer ses humeurs changeantes comme une conséquence de mes actions. "Si je suis distant, c'est parce que tu es trop nerveuse." "Si je ne te complimente pas, c'est que tu ne fais pas assez d'efforts." Et moi, je l'écoutais. Je l'écoutais au point d'en douter de mon propre ressenti, de mes propres intuitions.

C'est comme ça qu'il m'a prise dans ses filets. Pas par la force, mais par la subtilité. En me faisant croire que tout ce qu'il faisait, c'était par amour. Que s'il me critiquait, c'était pour mon bien. Que s'il voulait contrôler certains aspects de ma vie, c'était pour m'aider, pour me protéger. Et moi, aveuglée par ce que je pensais être de l'amour, je le laissais faire.

Il n'a pas fallu longtemps pour qu'il commence à avoir un avis sur tout dans ma vie. Au début, ça semblait innocent, presque protecteur. Il me donnait des "conseils", des "suggestions" sur mes études, sur la manière dont je devrais gérer mes projets. Mais lentement, ces conseils ont évolué en critiques déguisées. Rien ne semblait lui convenir : mes amis étaient « superficiels », ma famille « trop envahissante », et mes rêves « irréalistes ».

Il s'immisçait dans chaque partie de mon quotidien, jusqu'à me faire douter de mes propres choix. Même des décisions simples, comme ce que je voulais faire de ma journée, devenaient des sujets de débat, comme si je n'étais plus capable de savoir ce qui était bon pour moi.

Mais c'est sur mon apparence qu'il a commencé à exercer le plus de contrôle. À l'époque, je me sentais bien dans mon corps. J'étais sportive, j'aimais prendre soin de moi. Me maquiller, choisir des tenues tendances, assortir mes accessoires, prendre soin de chaque détail — cela faisait partie de moi. J'aimais qui j'étais, et je le montrais sans honte. Je n'avais jamais eu de problème avec mon apparence, bien au contraire, je me trouvais belle.

Au début, il semblait apprécier cela. Il m'avait connue ainsi, sûre de moi, bien dans ma peau. Mais peu à peu, il a commencé à trouver des défauts là où il n'y en avait pas. Tout était sujet à critique : mes vêtements étaient « trop voyants », mon maquillage « trop prononcé », même ma manière de marcher ou de sourire pouvait soudain le contrarier. Et toujours sous couvert de bienveillance. « Tu devrais être plus naturelle », disait-il avec ce sourire qui me mettait mal à l'aise, comme s'il avait raison, comme s'il savait mieux que moi ce qui était bon pour moi. *Naturelle ?* Ce mot, je l'ai haï. Parce que pour lui, « naturelle » signifiait me conformer à ce qu'il voulait, pas à ce que j'étais réellement.

Puis il y a eu cette jupe. Une jupe que j'adorais, que ma mère m'avait offerte. Une jupe que je portais souvent, parce que je m'y sentais belle, confiante. C'était une simple jupe, mais elle symbolisait tellement pour moi. Un lien avec ma mère, un morceau de mon ancienne vie où je me sentais forte. Ce jour-là, j'avais décidé de la porter pour une soirée entre amis. Lui n'était pas invité. Il n'aimait pas mes amis, et à vrai dire, ils ne l'aimaient pas non plus. Mais je n'y avais pas prêté attention, pas encore.

Quand il m'a vue enfiler cette jupe, son visage s'est assombri. Il m'a regardée avec ce mélange de dédain et de possessivité, et d'un ton sec, il a dit : « Tu ne vas pas sortir avec ça. » Je l'ai regardé, surprise, croyant à une mauvaise blague. *Pourquoi ça ?* C'était une jupe comme une autre, et je l'avais déjà portée des dizaines de fois.

« Quoi ? Pourquoi je ne pourrais pas ? C'est juste une jupe. » Mon ton se voulait léger, détaché, comme si cette remarque n'avait pas d'importance. Mais au fond de moi, quelque chose bouillonnait déjà, un avertissement silencieux que je ne comprenais pas encore.

Son regard s'est durci. « Je t'ai dit que tu ne la mettrais pas. »

Je me suis mise à rire, nerveusement. *Il plaisante, c'est ça ?* Mais dans son regard, il n'y avait pas d'humour. Juste une froide détermination. Et avant que je puisse réagir, il a saisi la jupe alors que je l'enfilais et, d'un geste brutal, il l'a déchirée. Le son du tissu qui se déchire m'a figée sur place. Je n'avais jamais vu ce côté de lui, cette rage soudaine, incontrôlable.

Je suis restée ébahie, comme pétrifiée. Il venait de détruire quelque chose qui avait une valeur symbolique pour moi, sous mes yeux. Je me suis sentie vulnérable, complètement désarmée face à cet accès de violence que je n'avais jamais vu venir. *Qu'est-ce qui venait de se passer ?* Ma voix intérieure hurlait, mais j'étais incapable de faire un geste, de dire quoi que ce soit.

Dans ce silence étouffant, il s'est simplement retourné et est parti, me laissant là, seule avec les morceaux de tissu déchirés entre les mains, et une réalité que je ne pouvais plus ignorer : ce n'était pas le prince charmant que j'avais cru rencontrer. Derrière ses sourires et ses compliments, se cachait un homme capable de me détruire, un morceau à la fois.

Ce jour-là, une partie de moi a voulu fuir. Mais je suis restée. J'ai recollé les morceaux de cette jupe dans ma tête, tout comme je tentais de recoller les morceaux de notre relation, me convainquant que ce n'était qu'un excès de colère, qu'il ne le pensait pas vraiment. *Peut-être que j'ai exagéré. Peut-être que c'est moi qui l'ai poussé à bout.*

Et c'est là que je suis tombée dans le piège. J'ai commencé à douter de moi-même. À chaque fois qu'il critiquait ma manière de m'habiller, j'obéissais, sans même m'en rendre compte. À chaque remarque sur mon maquillage, je m'effaçais un peu plus. *Est-ce que je suis trop ? Trop maquillée ? Trop apprêtée ? Trop visible ?*

Il avait réussi, lentement mais sûrement, à me convaincre que ce que j'aimais chez moi n'était pas bon. Que ce que je croyais être une force était en fait un défaut. Et chaque jour, il grignotait un peu plus de ma confiance. Jusqu'à ce que je ne sache plus qui j'étais sans lui.

"Il y a des silences plus lourds que les cris."
— Victor Hugo

III. Chapitre
-
Premiers éclats

Je me souviens encore de ce jour comme si c'était hier. J'avais passé toute la journée à la maison de sa sœur, plongée dans les préparatifs de son anniversaire. J'adore faire des gâteaux, cuisiner, organiser des événements. C'était ma manière à moi de faire plaisir, de montrer aux autres que je tenais à eux. Et cette fois-là, sa sœur m'avait demandé de tout organiser. Je m'étais sentie honorée. Elle et moi, on semblait avoir une grande complicité. C'était comme si, dans cette famille où je ne me sentais souvent pas à ma place, elle me donnait un espace où je pouvais exister.

Je ne savais pas encore que cette complicité n'était qu'une illusion. Une autre partie du piège.

La journée avait été longue. Pâtisserie, décoration, organisation des plats... À minuit, on s'est tous les trois assis — sa sœur, son beau-frère et moi — pour un dernier débrief avant le grand jour. Je ne voyais pas le temps passer. J'étais épuisée, mais fière de ce que j'avais accompli. La fête s'annonçait parfaite, et même si je n'étais pas du genre à attendre des remerciements, au fond de moi, j'espérais qu'il serait fier de moi, qu'il verrait tout ce que je faisais pour lui, pour sa famille.

Quand sa sœur m'a proposé de rester dormir chez elle, vu l'heure tardive, cela m'avait semblé logique. Il était déjà très tard et elle m'avait assuré qu'elle me ramènerait à la maison le lendemain matin. Rien d'inhabituel, rien de mal. Alors, sans arrière-pensée, je l'ai informé. Je m'attendais à un simple "d'accord", peut-être même un "repose-toi bien", après tout il savait où je passais la nuit. Mais à la place, j'ai eu un mur de silence. Un silence lourd, oppressant. Puis il a explosé.

Sa réaction m'a complètement prise au dépourvu. Il m'a fait une scène, sans même prendre le temps de comprendre la situation. *"Pourquoi tu n'es pas rentrée ? Pourquoi tu ne m'as pas demandé avant ? Tu crois que c'est normal de passer la nuit là-bas ?"*

Je ne savais même pas quoi répondre. Il parlait d'un ton glacial, tranchant. Tout à coup, cette simple soirée entre "amis" s'était transformée en une trahison à ses yeux. J'ai essayé d'expliquer, de justifier mon choix. *"Il était tard, ta sœur m'a proposé, ça semblait plus simple..."* Mais il ne m'a pas écoutée. Chaque mot que je disais semblait attiser sa colère.

Puis, il m'a raccroché au nez.

Je suis restée là, le téléphone toujours à l'oreille, abasourdie. Je ne comprenais pas. Tout ce que j'avais fait, c'était m'investir dans l'organisation de cette fête, tout ça pour lui, pour sa sœur. Comment une telle situation pouvait-elle dégénérer de cette façon ?

S'en sont suivis des textos froids, durs, presque cruels. Chaque message me blessait un peu plus, comme une lame qui s'enfonçait lentement, mais profondément. Il me faisait comprendre que j'avais fauté, que j'avais fait quelque chose de mal, sans jamais préciser quoi exactement. Juste des accusations vagues, assez pour me faire douter de moi, de mes intentions. *"Tu ne me respectes pas", "Tu fais toujours ce que tu veux", "T'es égoïste."*

Le lendemain, il m'a ignorée toute la journée. Aucun message, aucun appel. Je me sentais coupable, comme si j'avais réellement fait quelque chose de mal. *Mais qu'est-ce que j'ai fait ?* J'ai passé la matinée à me tourmenter, me demandant comment j'allais arranger les choses. Je n'avais même plus la force de m'indigner, ni de comprendre pourquoi il se comportait ainsi. J'étais simplement épuisée, mentalement et émotionnellement.

Quand je suis finalement rentrée chez moi pour me préparer avant la fête, il n'était pas là. Encore une absence. Il savait que j'allais rentrer, mais il avait choisi de ne pas être là, de me laisser seule face à ma culpabilité. Je me suis changée en silence, un nœud dans la gorge, une boule au ventre. *Est-ce que tout cela était de ma faute ?*

Je me suis rendue à la fête, malgré tout. Je n'avais pas le choix. Après tout, j'avais passé des heures à la préparer. Sa sœur m'avait dit qu'il m'attendrait là-bas. J'espérais qu'une fois sur place, les choses s'arrangeraient, qu'on pourrait parler, que tout redeviendrait normal.

Mais ce n'est pas ce qui s'est passé.

À peine arrivée, je l'ai vu. Il m'a fixé de loin avec ce regard que je commençais à redouter. Sans un mot, il s'est approché, a attrapé mon bras et m'a traînée dans l'une des chambres, loin des autres invités. Là, derrière une porte fermée, il a explosé. Sa colère était si palpable qu'elle en devenait presque physique. Il parlait à voix basse, mais chaque mot était une accusation, un reproche. "Comment t'as pu rester là-bas sans me demander ? Tu crois que c'est normal ? Tu crois que je vais laisser passer ça ?"

Je ne savais pas quoi dire. Il me faisait des reproches que je ne comprenais pas, m'accusait de choses qui n'avaient pas de sens. Et là, dans cette pièce, je me suis sentie toute petite, comme une enfant prise en faute. *Qu'est-ce que j'avais fait de si mal ?*

Je m'excusais, sans même savoir pourquoi. Je voulais juste que cela s'arrête, que cette colère retombe. Mais il n'était pas question de pardon. Ce n'était pas moi qui parlais, c'était cette peur qui me tenaillait depuis des mois. Cette peur qu'il m'abandonne, qu'il me rejette si je ne me comportais pas exactement comme il le voulait. Chaque mot qu'il disait renforçait mon sentiment de culpabilité, me faisait douter de mes propres intentions. Il avait ce talent pour tordre la réalité, pour me faire croire que j'étais la source de tous les problèmes, que j'étais toujours celle qui agissait mal.

Quand il a fini de parler, il m'a laissée là, seule, tremblante. J'ai rejoint les invités, souriant comme si de rien n'était, cachant les larmes qui menaçaient de couler à tout moment. *Qu'est-ce que je fais là ?*

Ce jour-là, quelque chose s'est brisé en moi. Une partie de moi savait que cette situation n'était pas normale, que ce n'était pas de l'amour. Mais je ne pouvais pas partir. J'étais piégée, incapable de sortir de cette relation. Il avait planté ses griffes dans mon esprit, me convainquant peu à peu que je ne méritais pas mieux, que j'étais responsable de ses accès de colère.

J'étais dépendante de lui, malgré tout. Malgré la douleur, malgré l'humiliation. Et c'est cela, la véritable cruauté de ce genre de relation : tu te retrouves prisonnière, non pas parce qu'il te retient physiquement, mais parce qu'il a pris possession de ton esprit, de tes pensées. Et chaque fois que je doutais de moi, que je remettais en question mes actions, c'était un peu plus de pouvoir qu'il gagnait sur moi.

La fête battait son plein, et malgré tout ce qui s'était passé plus tôt, je m'efforçais de faire bonne figure. Après tout, c'était l'anniversaire de sa sœur, et j'avais passé tellement de temps à tout préparer. La musique résonnait dans la pièce, les gens riaient, et pour un moment, j'ai voulu croire que tout allait bien. Je me suis laissée emporter par l'ambiance, par la musique. C'était une manière de relâcher la pression, d'oublier, ne serait-ce qu'un instant, tout ce qui pesait sur moi. Je me suis mise à danser, laissant mon corps suivre le rythme, me disant que, peut-être, je pouvais enfin me détendre.

Mais ce moment d'insouciance a été de courte durée.

Son beau-frère était venu me voir, juste après l'incident dans la chambre. Il m'avait dit qu'il lui avait parlé, qu'il l'avait calmé. Je n'y avais pas vraiment cru. Il avait cette manière de s'excuser sans vraiment le penser. C'était plus une formalité qu'un véritable geste de réconciliation. Quand il est finalement revenu vers moi, son regard était froid, mais ses mots semblaient chercher à apaiser la situation. *"Je suis désolé si je me suis emporté",* avait-il dit. Il ne s'excusait pas pour son comportement, mais pour ma réaction. Comme si j'avais mal interprété ses intentions. Comme si c'était ma sensibilité qui était le problème.

Pourquoi je suis toujours celle qui doit comprendre, qui doit pardonner ? me suis-je demandée. Mais je n'ai rien dit. Une fois de plus, j'ai souri, je me suis tue, acceptant ses excuses creuses, espérant que cela suffirait à éviter une nouvelle confrontation.

Plus tard dans la soirée, alors que je dansais, essayant tant bien que mal de me raccrocher à ces instants de légèreté, sa sœur s'est approchée de moi. Son visage était tendu, et dès qu'elle a commencé à parler, mon cœur s'est serré. *Il est remonté,* m'a-t-elle dit, l'air mal à l'aise. *Il veut te parler.*

Une vague de stress m'a submergée. Mon cœur a accéléré. Je me suis arrêtée de danser, et la seule pensée qui me traversait l'esprit était : *Qu'est-ce que j'ai encore fait ?*

J'aurais dû m'amuser, profiter de la soirée que j'avais tant préparée, mais au lieu de cela, j'étais en train de revivre la même scène, encore et encore. La peur revenait, plus forte à chaque fois. J'ai suivi sa sœur dans l'allée où il m'attendait, cette boule au ventre qui ne me quittait plus. Il était là, adossé contre un mur, les bras croisés, son regard brûlant de colère retenue.

À peine avais-je atteint l'allée qu'il s'est emporté. *"Qu'est-ce que tu crois faire ?"* m'a-t-il lancé, la voix basse mais tranchante. Je ne comprenais pas. Encore une fois, je me suis retrouvée face à cette colère incompréhensible, face à ce jugement constant qui pesait sur moi. *"Ton comportement est indécent"*, a-t-il continué, sa voix montant en intensité. *"Tu te rends compte de la façon dont tu danses ? Tu te rends compte de ce que tu laisses les gens penser de toi ? C'est vulgaire."*

Vulgaire. Ce mot a frappé comme une gifle.

Je me suis sentie salie. Humiliée. Ce que j'avais cru être un moment d'insouciance, de liberté, venait d'être réduit à quelque chose de sale et de honteux à ses yeux. *Indécent ? Vulgaire ?* Je dansais simplement, comme tout le monde autour de moi. Mais pour lui, c'était trop. Chaque mouvement, chaque geste devenait une offense, une provocation.

Je ne savais plus quoi dire, comment me défendre. *Qu'est-ce que j'avais fait de mal ?* Encore une fois, je me retrouvais à me demander si c'était moi qui exagérais, si c'était moi qui provoquais ces réactions en lui. J'avais l'impression que mon corps, ma simple existence, était une source constante de reproches. Tout ce que je faisais semblait l'énerver, le déranger, et je ne comprenais plus pourquoi. Je me sentais piégée, incapable de savoir comment agir pour ne pas déclencher sa colère. *Est-ce que j'étais vraiment vulgaire ? Est-ce que c'était moi qui me comportais mal ?*

Je me suis excusée, une fois de plus, sans même vraiment y penser. C'était devenu presque automatique. Je me suis excusée de danser, de prendre du plaisir, de m'exprimer. J'ai baissé la tête, me sentant soudainement coupable d'avoir voulu m'amuser. *C'était la fête de sa sœur, pourquoi avais-je encore tout gâché ?* me disais-je, une fois de plus emprisonnée dans cette spirale de culpabilité.

Il est reparti sans un mot de plus, me laissant là, plantée au milieu de l'allée, avec cette sensation que rien de ce que je faisais ne serait jamais assez bien. Il avait un talent pour prendre chaque moment de bonheur, aussi petit soit-il, et le transformer en quelque chose de sale, de répréhensible. Il avait cette capacité à retourner mes propres actions contre moi, à me faire douter de mes intentions, de mes désirs, de mon identité même.

Et encore une fois, je me suis retrouvée seule avec mes doutes, me demandant pourquoi je restais. *Pourquoi je supporte tout ça ?* Parce que malgré tout, malgré ces éclats de violence, de colère, il y avait toujours cette part de moi qui croyait qu'il allait changer. Qu'il finirait par comprendre, par voir à quel point j'étais investie, à quel point je l'aimais.

Mais ce jour-là, une nouvelle fissure s'est ouverte. Une fissure dans l'image que je me faisais de lui, et de ce que je pensais être de l'amour. Ce n'était plus de l'amour. C'était autre chose, quelque chose de déformé, de toxique. Et pourtant, je restais. Parce que, dans ma tête, j'étais encore incapable d'imaginer une vie sans lui. J'étais si profondément sous son emprise, que même lorsque je me sentais humiliée, rabaissée, je me disais toujours que c'était moi qui devais changer, moi qui devais faire plus d'efforts. *Il est en colère parce qu'il m'aime. Il veut juste que je sois parfaite pour lui.*

Mais l'amour ne ressemble pas à ça. L'amour ne devrait jamais te faire te sentir petite, honteuse, ou vulgaire. Ce que je vivais, c'était un enfermement, une prison invisible dont je ne voyais pas encore les murs.

Ce soir-là, je suis rentrée chez moi plus tôt que prévu. Humiliée, blessée par ses mots et par la scène qu'il venait de me faire, je n'avais plus la force de prétendre. La fête, que j'avais pourtant tant préparée, n'avait plus aucun sens pour moi. J'avais passé des heures à me plier en quatre pour que tout soit parfait, mais rien de tout cela ne comptait plus. J'étais vide, fatiguée de me battre contre cette colère incompréhensible. Alors, j'ai pris mes affaires et je suis partie, silencieuse, le cœur lourd.

Il n'est pas rentré cette nuit-là. Ni le lendemain, ni le jour suivant. Pas un mot, pas un appel. Rien. Le silence, encore une fois. Comme si je n'existais plus, comme si ma présence ou mon absence ne faisaient aucune différence. Au début, je me suis dit qu'il avait besoin de temps pour se calmer, qu'il reviendrait une fois sa colère retombée. Je voulais croire que, peut-être, il réalisait qu'il avait exagéré, que son comportement était injuste.

Mais les heures passaient, et rien ne changeait. Il avait simplement disparu.

Ce n'est que bien plus tard que j'ai appris, par sa sœur, où il était. Il avait passé les deux derniers jours chez elle, sans même prendre la peine de me prévenir. Et pire encore, il était sorti en boîte avec ses amis. Je me souviens de ce moment où elle m'a dit cela, d'une voix légère, comme si c'était anodin. *"Oh, il est avec ses potes, ils sont sortis en boîte hier soir."*

Une boîte de nuit.

Un endroit que je n'aimais pas, que je n'avais jamais apprécié. Trop de bruit, trop de monde, trop d'excès. Dès le début de notre relation, il m'avait dit qu'il comprenait. Il m'avait promis qu'il ne ressentait plus le besoin de sortir, qu'il préférait passer du temps avec moi, à la maison.

Il m'avait dit qu'il ne voulait plus de cette vie. Qu'il arrêtait pour moi.

Mais c'était un mensonge, comme tant d'autres. Cette promesse, comme toutes les autres, n'avait été faite que pour me garder à ses côtés, pour me faire croire que j'étais spéciale, que j'avais un impact sur sa vie. Mais maintenant, je voyais les choses différemment. C'était comme si, soudainement, tout devenait clair. Il ne s'était jamais vraiment arrêté. Il avait juste caché cette partie de lui, jusqu'au moment où il n'avait plus eu besoin de le faire.

Je me souviens avoir passé ce week-end à essayer de me distraire. Le silence de l'appartement était devenu insupportable, comme un écho constant de ma solitude. Alors, j'ai fait ce que je faisais souvent pour échapper à mes pensées : j'ai rangé, nettoyé, cuisiné. J'ai essayé de me convaincre que tout irait bien. Que c'était juste une dispute, comme tant d'autres, et qu'il finirait par rentrer.

Mais au fond de moi, une autre vérité commençait à se former. Je me sentais de plus en plus vide. Chaque petit acte de la vie quotidienne — ranger les vêtements, nettoyer les surfaces, préparer un repas — me semblait mécanique, dénué de sens. *Pourquoi je fais tout ça ? Pour qui ?* me suis-je demandé à plusieurs reprises. *Pourquoi je reste dans cette relation ?*

Ce dimanche-là, alors que je m'apprêtais à dîner seule, mon téléphone a vibré. J'ai regardé l'écran, et c'était un message d'une amie. Rien d'inhabituel, pensais-je. Mais en ouvrant le message, mon cœur s'est figé.

"Je suis tombée sur ça... Je pensais que tu devais savoir."

Attachée au message, une photo. Une image qui m'a coupé le souffle. Lui, souriant, entouré de ses amis, en boîte de nuit. Mais ce n'est pas ce qui m'a le plus frappée. Non, c'était cette femme à ses côtés, collée contre lui, visiblement très proche. Trop proche. Le genre de proximité que je ne pouvais pas ignorer, que je ne pouvais pas excuser.

J'ai relu le message plusieurs fois, comme si j'espérais qu'il changerait, que la photo disparaîtrait. Mais non, elle était bien là, devant mes yeux. Il était avec une autre femme. Ils semblaient si détendus, si... intimes. Comme si ces derniers jours, il n'y avait jamais eu de dispute, comme si je n'existais même plus dans son monde.

Une douleur sourde s'est installée dans ma poitrine. Ce n'était plus seulement de la tristesse ou de la déception. C'était quelque chose de plus profond, de plus brutal. Un mélange d'humiliation, de trahison, et de rage. *Comment avait-il pu ?* Après tout ce que nous avions traversé, après tout ce que j'avais fait pour lui, il était là, à s'amuser sans aucune considération pour moi.

Je me suis sentie stupide, naïve. Tous ces moments où je lui avais fait confiance, tous ces mensonges qu'il m'avait racontés, tout cela m'a soudain semblé si évident. *Comment avais-je pu ne pas voir ce qu'il était vraiment ?* Mais la vérité, c'est que je l'avais vu. J'avais simplement choisi de l'ignorer. J'avais fermé les yeux sur ce qui ne me plaisait pas, sur ce qui me faisait mal. Parce que l'admettre aurait signifié que tout ce que je croyais sur notre relation n'était qu'une illusion.

Je suis restée là, le téléphone à la main, fixant cette photo pendant ce qui m'a semblé être une éternité. Mon dîner refroidissait sur la table, mais je n'avais plus faim. La seule chose qui résonnait dans ma tête, c'était cette question : *Pourquoi je reste ?*

Il a fini par rentrer. Tard dans la nuit, bourré, titubant à peine debout. Quand j'ai entendu la porte s'ouvrir, j'ai su tout de suite dans quel état il était. L'odeur de l'alcool envahissait l'appartement avant même qu'il ne franchisse complètement le seuil. Je l'ai vu vaciller, ses yeux à moitié fermés, son visage rougi par l'alcool. Il était au bord du coma éthylique. À peine capable de se tenir droit, il s'est dirigé vers moi avec cette lueur dans les yeux que je connaissais trop bien, celle de la colère, prête à exploser à tout moment.

Il a essayé de s'en prendre à moi. Il marmonnait des insultes, des reproches incompréhensibles. Mais au moment où il allait m'attraper, son corps l'a trahi. Il s'est penché en avant et m'a vomi dessus. Là, devant moi, il a craché sa haine et son alcool, et tout ce qu'il a trouvé à dire, c'est que c'était le karma. Comme si je méritais cette humiliation. Comme si tout cela était de ma faute.

Sans un mot de plus, il s'est traîné jusqu'à notre lit, s'écroulant sans même prendre la peine de se nettoyer.

Je suis restée là, le visage figé, regardant mes vêtements souillés, le sol que je venais de nettoyer maculé à nouveau. Une partie de moi était sur le point de craquer, au bord de la crise de nerfs. Mais étrangement, ce n'est pas la panique qui m'a envahie. C'était autre chose. Un calme inattendu. Un silence intérieur qui m'a permis de prendre du recul, de voir la situation pour ce qu'elle était réellement. Et c'est à cet instant que j'ai pris ma décision.

Il fallait que je rompe. Il fallait que je parte. Ou plutôt, que ce soit lui qui parte. Après tout, j'avais payé la quasi-totalité des frais de cet appartement. C'était moi qui avais investi dans ce lieu, moi qui l'avais transformé en un semblant de foyer. Ce n'était pas à moi de partir. Il devait s'en aller. Il n'y avait plus de retour en arrière possible. Plus d'excuses, plus de promesses vides. Cette relation était devenue une prison, et je ne voulais plus y rester enfermée.

L'idée de lui annoncer cette rupture m'effrayait autant qu'elle m'excitait. Une partie de moi craignait sa réaction, mais l'autre savourait l'idée de me libérer enfin. Cette nuit-là, j'ai nettoyé en silence. Le sol, mes vêtements, les traces de sa déchéance. Et puis j'ai attendu, assise, réveillée, avec une détermination que je n'avais jamais ressentie avant. J'attendais qu'il se réveille, qu'il ouvre les yeux, pour lui dire que c'était fini.

Quand il s'est enfin réveillé, ce n'était pas une demande de pardon que j'ai entendue. Il m'a hurlé dessus pour un verre d'eau, comme s'il n'avait aucune idée de ce qui s'était passé la veille, comme si tout lui était dû. Je suis entrée dans la chambre, calme et déterminée. Je l'ai regardé droit dans les yeux et, sans trembler, je lui ai dit que c'était fini. Que je voulais qu'il s'en aille. Que je ne pouvais plus continuer ainsi.

À ce moment-là, j'étais sûre de moi. Plus rien ne semblait pouvoir me détourner de cette décision. Mais ce qui s'est passé ensuite, je ne l'avais pas vu venir. Et ça m'a déstabilisée.

Il s'est effondré. Littéralement. Ses jambes ont lâché et il s'est mis à genoux devant moi, en larmes, les yeux gonflés de désespoir. Il a pris mes mains dans les siennes, tremblantes, et m'a suppliée. *"Tu ne peux pas me quitter,"* m'a-t-il dit entre deux sanglots. *"Je t'aime. Je suis désolé. Je ne voulais pas te faire de mal. Tu ne peux pas m'abandonner maintenant. Je vais changer, je te le promets."*

Ses mots, ses larmes, son désespoir... Je voulais rester impassible. Je voulais garder cette barrière entre nous, cette distance que j'avais enfin réussi à créer dans mon esprit. Mais il avait toujours su trouver mes faiblesses, toucher là où ça faisait mal. Et là, en cet instant, il savait exactement quoi dire. Il savait que je n'aimais pas le voir souffrir, que l'idée de l'abandonner me brisait.

"Je t'en supplie," disait-il encore, les mains serrant les miennes avec une force désespérée. *"Je vais tout changer, je vais faire mieux. Tu ne peux pas me laisser. Je t'aime."*

Pendant un moment, j'ai hésité. Pendant un instant, j'ai cru à ces promesses. Parce qu'il pleurait. Parce qu'il avait l'air sincère. Parce que, malgré tout, une part de moi voulait croire qu'il y avait encore quelque chose à sauver, qu'il y avait encore une chance pour nous.

Mais alors, tout a basculé.

Quand j'ai finalement réussi à me dégager de son étreinte et à reculer, il s'est relevé, brusquement. Son visage s'est durci en une fraction de seconde, et son regard s'est assombri. *"Si tu me quittes, je vais mettre fin à mes jours,"* a-t-il lancé, la voix pleine de menace.

Ces mots... Je les entends encore résonner dans ma tête. Comme un coup de poing en plein ventre.

Je me suis figée. Je n'arrivais pas à croire ce qu'il venait de dire. C'était comme si, d'un coup, toute cette détresse, toutes ces larmes avaient été remplacées par une autre forme de manipulation, bien plus cruelle. Il savait exactement où frapper. Il savait que je ne pourrais jamais vivre avec cette culpabilité. Que je ne pourrais jamais être celle qui le pousserait à faire une telle chose.

Le choc m'a coupé le souffle. *Comment en est-on arrivé là ?* pensais-je. Comment celui qui m'avait juré de m'aimer, de me protéger, pouvait-il maintenant me tenir en otage de la sorte ?

Je ne savais plus quoi faire. Mon esprit, qui avait été si clair quelques minutes plus tôt, était à nouveau embrouillé par la peur, par le doute.
J'étais à la fois furieuse et terrifiée. Comment étais-je censée répondre à ça ? Comment étais-je censée me libérer si, à chaque tentative, il trouvait un nouveau moyen de m'enchaîner ?

"Ce n'est pas le poids qui brise, mais la manière de le porter."

— Lou Holtz

IV. Chapitre
-

Le point de rupture...

Le jour où tout a basculé

Les mois qui ont suivi cette menace ont été une période de confusion. J'avais pris le temps de réfléchir, de peser le pour et le contre. J'avais hésité, douté. Après tout ce qu'il m'avait dit, après cette promesse suicidaire qui résonnait encore dans ma tête, je n'avais pas eu le courage de le pousser à partir. J'ai fini par accepter qu'il reste. Et puis, il n'avait pas vraiment d'endroit où aller. Ses relations avec sa sœur étaient tendues, et malgré tout, je me disais que peut-être, avec le temps, il finirait par changer.

Il s'était engagé dans l'armée, et cette nouvelle vie, loin de moi, lui donnait un but. Et à moi, cela me donnait de l'air. Pendant sa formation, son absence m'a permis de souffler, de me retrouver. Quand il rentrait certains weekends, avec des permissions de sortie, il semblait différent. Moins colérique, plus apaisé. Il essayait de me prouver, par de petits gestes, qu'il voulait me récupérer. Il était attentionné, faisait des efforts. Pour moi. Pour nous.

J'ai finalement cédé. Après quelques mois, je lui ai laissé une chance. J'avais été très malade, et pour la première fois depuis longtemps, il avait été présent, attentif, prenant soin de moi comme je l'avais toujours espéré. J'ai commencé à croire à cette transformation. Peut-être qu'il avait changé, après tout. Peut-être que cette fois, les choses seraient différentes.

Quelques mois plus tard, j'ai obtenu ma licence. Un moment de fierté pour moi, un moment qui marquait une nouvelle étape dans ma vie. Avec ce diplôme en main, nous avons pris la décision de déménager dans une autre ville. J'avais besoin de changer d'air, de m'éloigner de tout ce que cet endroit me rappelait. Je voulais une nouvelle vie, loin des mauvais souvenirs, loin de l'ombre de ce passé douloureux. J'avais l'impression que ce déménagement marquerait un nouveau départ pour nous.

Nous avons emménagé, et j'ai poursuivi mon master à distance, tout en décrochant un emploi dans un cabinet d'avocat. Mes études étaient importantes pour moi. C'était mon avenir, mon échappatoire. Mais lui, il n'était jamais satisfait. Il insistait pour que je trouve un travail, malgré ma charge d'études déjà lourde. Alors, pour éviter les disputes, j'ai trouvé un compromis. J'ai commencé à travailler tout en étudiant à distance. C'était difficile, mais j'y arrivais. Je jonglais entre les deux, parfois à bout de souffle, mais je tenais le coup. Du moins, pendant un temps.

Les permissions de sortie de l'armée se faisaient de plus en plus rares. Il était souvent absent, et cette absence m'apportait une sérénité que je n'avais pas connue depuis longtemps. Je ne réalisais pas encore à quel point ce que j'aimais, ce n'était pas notre relation, mais l'espace qu'il me laissait, le silence, la liberté de vivre sans ses jugements constants.

Puis, ma mère est tombée malade. Une lourde opération l'attendait, et le meilleur service de chirurgie pour son cas se trouvait dans notre ville. J'ai pris la décision de l'accueillir chez nous pendant sa convalescence. C'était une évidence pour moi. Mais pour lui, c'était un problème. Il n'a pas bien pris cette nouvelle. L'idée de partager son espace, d'accueillir ma mère chez nous, ne lui plaisait pas. Mais il n'avait pas vraiment le choix. Finalement, il a accepté, à contrecœur.

Les tensions sont rapidement montées. Il se montrait froid, distant, parfois agressif dans ses remarques. Il ne supportait pas la présence de ma mère, même si elle était discrète, faible et convalescente. Je voyais dans ses yeux la même colère que celle qu'il avait toujours gardée en lui, une colère prête à exploser à tout moment.

Cette période était particulièrement difficile. Ma mère et moi nous prenions la tête de plus en plus souvent. Elle voyait ce que je refusais de voir dans ses comportements, elle percevait la dangerosité de notre relation, même à travers les sourires et les promesses. J'étais coincée entre deux feux, tiraillée entre ma propre lucidité qui tentait de se réveiller et ce qu'il avait construit autour de moi : une prison invisible faite de manipulation et de faux espoirs.

Puis, un jour, il m'a proposé de partir en voyage. Il voulait que nous allions voir sa famille, pour "nous retrouver". Il avait insisté, et c'était prévu que nous passions le nouvel an là-bas. Je n'étais pas emballée par l'idée. Ma mère, toujours convalescente, avait besoin de moi. Mais, comme toujours, il a su trouver les mots pour me manipuler, pour me convaincre que ce voyage était important pour nous, pour lui. Il a réussi à me faire croire que c'était notre chance de tout reconstruire, de repartir à zéro.

Il est parti quelques jours avant moi, et j'ai pris l'avion seule pour le rejoindre. J'avais galéré à trouver un billet d'avion. Les prix étaient élevés à cette période de l'année, mais il m'avait persuadée que c'était essentiel. Alors, une fois de plus, j'ai pioché dans mes économies. Pour lui. Pour nous.

À mon arrivée, sa famille m'a accueillie chaleureusement, comme toujours. Mais quelque chose en moi restait en retrait. Il y avait beaucoup de personnes que je ne connaissais pas, et je n'étais pas tout à fait à l'aise. Je souriais, je faisais bonne figure, mais au fond, je me sentais étrangère à cet environnement.

Pour le réveillon, ils avaient organisé une grande fête. Tout le monde était réuni, et moi, j'avais acheté une sublime robe pour l'occasion, espérant faire bonne impression. Je voulais paraître forte, élégante, comme si tout allait bien. Mais dès le début de la soirée, il est redevenu lui-même. Il m'a fait des remarques sur tout : ce que je mangeais, ce que je disais, avec qui je discutais. Rien ne lui convenait. Son naturel, celui que je redoutais tant, revenait au galop, surtout en présence de ses proches.

Il est même allé jusqu'à être jaloux que je discute avec l'un de ses cousins, pensant que je le draguais. Cette accusation, absurde et injuste, m'a coupée le souffle. Comment pouvait-il encore penser cela après tout ce que j'avais sacrifié pour lui ?

Vers la fin de la soirée, des invités se sont mis à danser. Quelqu'un est venu m'inviter, mais je n'étais pas encore assez à l'aise avec eux, alors j'ai poliment refusé. Mais ça ne lui a pas plu du tout. Il s'est approché de moi, m'a attrapée fermement par le bras et m'a entraînée à l'extérieur. La douleur dans son emprise était réelle, mais ce qui me faisait le plus mal, c'était l'humiliation.

Dehors, il m'a lynchée verbalement. Ses mots étaient durs, tranchants. Il me reprochait de ne pas m'intégrer à sa famille, de leur manquer de respect en refusant de danser. C'était comme si chaque mot était une lame, plantée en plein cœur. J'étais figée sous son torrent d'insultes, incapable de répliquer, alors que des curieux commençaient à approcher, alertés par ses éclats de voix. J'étais tellement humiliée, exposée à tous ces regards.

Une de ses proches, alertée par la scène, est finalement venue me chercher et m'a proposé de me ramener chez sa mère, où nous étions hébergés. Je n'ai pas protesté. Je me suis laissée faire, silencieuse, vidée de toute énergie. Quand je suis rentrée, il n'était pas là, bien sûr. Et le lendemain matin, j'ai appris qu'il n'était pas rentré de la nuit.

Sa mère, toujours pleine de bonnes intentions, a essayé de me rassurer. Mais sur le coup de midi, nous avons finalement appris la vérité : il avait terminé la soirée en boîte de nuit avec l'un de ses frères. Ce même frère qui était encore célibataire à l'époque, et qui partageait souvent ses excès. Cette révélation a fait éclater le dernier voile que je gardais sur cette relation.

Le soir, il est finalement revenu pour le dîner. J'espérais, naïvement, qu'il se serait calmé depuis la veille. Le silence entre nous était pesant à table. Aucun mot n'était échangé, juste cette tension palpable, prête à exploser. Son frère, toujours prompt à détendre l'atmosphère, a fait une blague pour briser le silence. J'ai répondu sans arrière-pensée, essayant simplement de participer, de faire bonne figure.

Mais lui, il n'a pas aimé ma réponse. Je voyais sa mâchoire se crisper, ses poings se serrer. Quand son frère a pris congé de nous, le masque est tombé. Il a attrapé son assiette et me l'a balancée au visage. Le choc a été brutal. Je me suis retrouvée couverte de nourriture, avec une douleur sourde à la poitrine où le bord de l'assiette m'avait frappée.

Voyant qu'il commençait à s'emporter de plus en plus, je suis partie de la maison sans dire un mot. J'avais besoin de m'éloigner, de prendre l'air, de me sortir de cette spirale infernale. J'ai éteint mon téléphone, refusant de recevoir ses appels ou ses messages. J'avais besoin de silence.

Je me suis perdue dans mes pensées, marchant sans but, essayant de comprendre comment j'avais pu en arriver là. *Comment tout cela avait-il dérapé aussi loin ? Comment cet homme que j'avais aimé en était-il arrivé à me détruire, morceau par morceau ?*

Après près d'une heure, j'ai rallumé mon téléphone. Des dizaines de notifications. Des appels en absence, des messages. Sa mère m'a appelée, inquiète, me proposant de venir me récupérer. J'ai accepté, épuisée par cette énième confrontation.

Quand je suis revenue chez sa mère, il m'attendait. Je l'ai vu immédiatement, planté là, immobile dans l'entrée, le regard lourd de reproches. Mais cette fois, il y avait quelque chose de différent dans ses yeux. Une lueur étrange dans ses yeux, quelque chose de froid et de calculateur. Une émotion qui m'a traversée, m'a figée sur place. Quelque chose de plus sombre, de plus profond.

Après cette balade de réflexions, j'étais vidée, épuisée, j'avais déjà décidé que je ne pouvais plus continuer ainsi. Cette relation m'étouffait, me détruisait, mais quelque chose me retenait encore. Peut-être la peur, peut-être l'habitude. Pourtant, ce soir-là, je sentais que quelque chose allait se passer.

Sa mère, discrète et compréhensive, a senti que quelque chose n'allait pas. Elle s'est éclipsée, me laissant seule avec lui, pensant sûrement que cela nous donnerait l'occasion de discuter, de clarifier les choses. Mais je savais, dans le fond, que ce n'était pas ce qu'il voulait. Ce qu'il cherchait, ce n'était pas une conversation, mais une confrontation. Et c'est exactement ce qui s'est produit.

Le silence dans la pièce était lourd, pesant. J'avais l'impression que chaque seconde rallongeait une corde invisible qui m'étranglait un peu plus. Je ne savais pas quoi dire, par où commencer. Les images de la veille me revenaient en tête : ses éclats de voix, ses humiliations devant sa famille, la douleur dans ma poitrine quand il m'avait balancé cette assiette. *Comment en était-on arrivé là ?*

Et c'est à ce moment-là que tout a basculé.

Il s'est approché de moi, lentement. Trop lentement. Son regard noir comme la nuit. Chaque pas résonnait dans le silence de la maison. Je sentais mon cœur battre à tout rompre, mes mains trembler légèrement, mais je ne voulais pas le montrer. *Ne montre pas ta peur,* me disais-je intérieurement. Mais au fond, je savais que cette peur, il la sentait, il s'en nourrissait. Je savais que cette fois, c'était différent. Cette fois, ce n'était pas juste de la colère, c'était autre chose qu'il éprouvait. Quelque chose d'imprévisible, de dangereux. Avant que je ne puisse dire quoi que ce soit, ses mains étaient sur moi.

Quand il est arrivé à ma hauteur, ses premières paroles ont été froides, presque murmurées. *"Où étais-tu ?"* Il parlait doucement, mais je savais que c'était le calme avant la tempête.

"J'avais besoin de prendre l'air," ai-je répondu, ma voix tremblante malgré moi.

Je n'aurais pas dû. Ces quelques mots ont suffi pour allumer la flamme. Il m'a soudainement saisie par le bras, encore plus fort que d'habitude. La douleur m'a arraché un cri, mais je n'ai pas eu le temps de réagir. Il m'a tirée vers lui, ses yeux noirs de rage, sa mâchoire serrée, et là, c'est arrivé.

Et c'est à ce moment-là que tout a basculé.

Son poing s'est abattu sur moi avec une violence que je n'aurais jamais imaginée. Mon corps s'est plié sous le choc. J'ai senti la douleur éclater à travers mon visage, comme un éclair. Le goût métallique du sang m'a envahi la bouche. Je n'ai même pas eu le temps de crier. Tout s'est passé si vite, comme si le monde entier avait été englouti par sa rage en un instant.

Je suis tombée à genoux, incapable de comprendre ce qui venait de se passer. Mon esprit refusait de croire que c'était réel. Que l'homme que j'avais aimé, celui qui avait promis de m'aimer et de me protéger, venait de franchir cette ligne. Celle que je n'avais jamais voulu voir. Celle qui transformait les mots en coups. L'invisible en visible. Mais il ne m'a pas laissé le temps de remettre du choc qu'il me trainait déjà à travers la pièce, agrippant mes cheveux avec force et me malmenant.

Mais il ne m'a pas laissé le temps de me remettre du choc. Alors que je tentais à peine de reprendre mon souffle, il m'a saisie par les cheveux, m'arrachant presque des cris de douleur. Il me traînait à travers la pièce, me balançant d'un côté à l'autre comme une poupée de chiffon, incapable de me défendre. Mon corps ne répondait plus, engourdi par la violence, le choc, la terreur.

Je ne sais pas s'il criait, je ne sais pas s'il me reprochait encore quelque chose. Peut-être qu'il me hurlait dessus, peut-être que c'était encore ma faute, selon lui. Mais je n'entendais plus rien. Mes oreilles bourdonnaient, ma tête tournait, et tout ce que je pouvais ressentir, c'était ce vide. Ce silence intérieur, cette sensation de solitude absolue. J'étais seule, terriblement seule, et je l'avais toujours été dans cette relation, même quand il prétendait m'aimer.

Et puis, au milieu de ce chaos, quelque chose s'est brisé en moi.

Ce n'était pas mon corps cette fois, mais cette peur, cette terreur qui m'avait paralysée pendant des années. Cette peur qui m'avait fait tout accepter, toutes les humiliations, toutes les trahisons, tous les coups, physiques ou verbaux. C'était comme si cette gifle, ce poing, ce tiraillement de mes cheveux représentaient bien plus que des blessures physiques. Ils étaient le symbole de tout ce qu'il avait détruit en moi, de chaque morceau de mon identité qu'il avait piétiné.

Et là, pour la première fois, j'ai senti une flamme. Ce n'était plus seulement de la terreur. C'était une étincelle de révolte, une lueur de rage, dirigée contre lui. Contre cette emprise qu'il avait sur moi depuis si longtemps. Cette emprise qui m'avait rendue si petite, si insignifiante à mes propres yeux.

Je savais que je devais partir. Pas parce que je le voulais — mais parce que je n'avais plus le choix. C'était une question de survie. Si je restais, il finirait par me détruire entièrement, morceau par morceau, jusqu'à ce qu'il ne reste plus rien de moi. Il m'avait déjà prise en otage psychologiquement, et maintenant, il s'attaquait à mon corps.

Sa mère est arrivée en trombe, alertée par les cris. Elle s'est précipitée dans la pièce, les yeux écarquillés de peur. Elle a tenté de le raisonner, de l'arrêter, mais elle n'avait aucune emprise sur lui à ce moment-là. Il était hors de contrôle, enfermé dans une rage que rien ne semblait pouvoir calmer. Ses mots n'étaient que des murmures étouffés par la fureur qui brûlait dans ses yeux.

Pendant un moment, tout s'est figé autour de moi. Le monde semblait ralenti, déformé par la douleur et l'adrénaline qui pulsait dans mes veines. Je ne sais pas comment j'ai trouvé la force de me relever. Peut-être était-ce cet instinct de survie que je croyais avoir perdu depuis longtemps. Peut-être était-ce cette petite flamme, toujours là, cachée sous les débris de ma confiance, attendant le bon moment pour se rallumer. Mais cette fois, elle brûlait.

Je me suis levée, tremblante, vacillante. Mon corps était meurtri, ma lèvre saignait, mes jambes fléchissaient sous le poids de la douleur. Mais je me suis plantée devant lui, les yeux dans les siens. Pour la première fois, je ne détournais pas le regard. Pour la première fois, je le regardais vraiment, avec une intensité que je ne savais même pas que j'avais en moi.

Je n'ai pas supplié. Je n'ai pas pleuré. Je n'ai rien dit. Juste ce silence, lourd et puissant, comme un cri de révolte qui ne nécessitait pas de mots. À cet instant, je savais que c'était fini. Il ne pouvait plus me tenir, plus me manipuler. Il pouvait continuer à frapper, à crier, mais il n'aurait plus jamais le contrôle sur moi.

Je n'ai pas attendu. J'ai tourné les talons, sans un mot, quittant la pièce, quittant sa vie. Parce que cette fois, je savais que c'était la dernière. Il n'y avait plus de retour en arrière. J'étais encore blessée, encore fragile, mais cette douleur, cette violence, m'avaient donné une force que je ne soupçonnais pas. Je n'avais plus envie de me battre pour lui, pour sauver une relation qui n'avait jamais vraiment existé. J'allais me battre pour moi.

Je suis sortie de la maison, mes jambes vacillant sous le choc et l'épuisement. La nuit était froide, le vent mordant sur ma peau meurtrie. Mais ce froid, ce vent, c'était comme une libération. Pour la première fois depuis longtemps, je respirais. Pas complètement, mais une première bouffée de liberté. Une première brèche dans cette prison qu'il avait construite autour de moi, brique par brique, avec ses mensonges, ses manipulations, ses coups.

Je savais que la route serait encore longue. Que ce ne serait pas facile. Mais cette nuit-là, il avait perdu. Et moi, j'avais gagné. Parce que cette nuit-là, il n'avait plus de pouvoir sur moi. Je savais que je n'étais pas encore totalement libre, mais cette sensation, ce souffle, cette volonté de vivre pour moi, c'était un début. Le début de la fin de son emprise.

Tandis que je marchais dans cette nuit glaciale, les pensées tourbillonnaient dans ma tête. Il restait tant de questions, tant d'incertitudes. *Comment vais-je m'en sortir ? Comment vais-je reprendre ma vie en main ?* Mais une chose était claire : j'allais m'en sortir. Parce que pour la première fois, j'avais décidé que j'en valais la peine.

Soudain, j'ai entendu des pas derrière moi. C'était sa mère. Elle m'avait suivie, inquiète, désolée. Elle s'est approchée doucement et m'a pris dans ses bras, comme une mère prenant soin de son enfant blessé. Je ne m'y attendais pas. Je n'avais jamais ressenti cette proximité avec elle, mais à cet instant, c'était comme si elle comprenait, comme si elle avait toujours su ce qui se passait.

"Viens," m'a-t-elle murmuré. *"Viens te reposer, prends au moins une douche."*

Je l'ai suivie à contrecœur, le corps meurtri et l'esprit embrouillé. J'étais épuisée, physiquement et mentalement, mais j'étais aussi déterminée. Cette douche ne changerait rien. Rien ne serait plus jamais comme avant. Je savais que je ne le laisserais plus jamais lever la main sur moi. Je savais que cette violence ne serait plus jamais une option.

Mais je devais rester, malgré tout. J'avais investi toutes mes économies dans ce voyage. Changer mon billet d'avion me coûterait une somme que je ne pouvais pas me permettre. Et après tout, il ne restait que deux jours. Deux jours à tenir, à résister. Deux jours avant que je puisse m'envoler loin de lui, loin de cette vie. J'étais déterminée à ne pas céder, à ne plus me laisser faire.

En me glissant sous l'eau chaude, je me suis promis que ce serait la dernière fois. Je ne savais pas encore comment, ni quand, mais je savais que je trouverais la force de partir, de le quitter définitivement. Et cette fois, rien ne m'en empêcherait.

"Quand il n'y a plus d'issue, il ne reste qu'à se lever et à créer la porte."
— Anonyme

V. Chapitre

-

La fuite dans l'ombre

Les jours qui ont suivi ce dernier épisode de violence étaient flous. Je n'étais plus que l'ombre de moi-même. Mon corps était là, présent dans ce monde, mais mon esprit errait, perdu quelque part entre la douleur, le choc, et une étrange sensation d'engourdissement. Je n'attendais qu'une chose : rentrer chez moi, loin de lui, loin de cet enfer que j'avais accepté trop longtemps. Mais même ce retour semblait hors de portée.

Il est venu s'excuser, encore une fois. Les mêmes mots, les mêmes promesses vides, les mêmes larmes qui n'étaient que des armes déguisées. Et cette fois, il a aussi menacé. Une fois que nous étions seuls, il m'a dit qu'il me ferait du mal, ou qu'il se ferait du mal à lui-même, si je le quittais vraiment. Mais ses mots n'avaient plus aucune emprise sur moi. Je les entendais, mais ils glissaient sur moi comme s'ils n'avaient plus de substance. Il n'était plus qu'une ombre, une silhouette vide de sens.

Durant le trajet qui nous ramenait chez nous, je n'étais plus vraiment là. J'étais assise à ses côtés, mais mon esprit était ailleurs. Je ne voulais pas lui parler. Chaque mot, chaque regard échangé avec lui me donnait la nausée. Je jouais la comédie, je jouais à la conne, feignant d'être docile, juste pour éviter que les choses dégénèrent encore. J'avais appris à survivre comme ça, à naviguer entre ses humeurs, à m'adapter à ses colères lorsque je me retrouvais seule avec lui. Pendant ce trajet, c'était la seule chose qui comptait : survivre, tenir bon jusqu'à ce que je puisse enfin être libre.

De retour chez moi, je me suis enfermée dans mon silence. Je n'ai pas eu le courage d'en parler à ma mère. C'était trop tôt, trop brutal, et les blessures étaient encore trop vives. J'avais peur de raviver la douleur, peur de voir dans ses yeux ce que je refusais encore de voir pleinement. Alors j'ai gardé tout ça pour moi, je me suis murée dans ce silence étouffant.

Puis, il est parti. Il a été envoyé en mission militaire pour plusieurs mois, et son absence a été une bénédiction inattendue. Pour la première fois depuis des années, j'ai retrouvé un semblant de sérénité. Le calme dans la maison, sans lui, était presque étrange, mais apaisant. Je respirais à nouveau, je pouvais enfin me poser sans craindre ses accès de colère ou ses remarques assassines. La relation avec ma mère s'est apaisée elle aussi. Elle voyait ce que j'avais enduré même si je ne disais rien, et maintenant, je commençais à voir ce qu'elle avait toujours su. Sans lui, mes yeux se sont enfin ouverts.

Je me suis retrouvée seule, mais cette solitude, pour la première fois, n'était pas une prison. Elle était ma liberté retrouvée. J'avais encore des doutes, bien sûr. La peur de ne pas réussir à vivre sans lui me hantait, malgré tout ce qu'il m'avait fait. Ce sentiment d'être perdue sans lui s'était ancré si profondément en moi que, même après son départ, je ne savais pas comment m'en débarrasser. Mais jour après jour, cette peur a commencé à s'effriter. La maison était calme, ma vie était à moi à nouveau, et j'apprenais à goûter à cette paix nouvelle, une paix que je ne pensais plus possible.

Puis, quelque chose d'inattendu est arrivé. Mon ancien petit ami a repris contact avec moi. Il avait essayé de renouer avec moi depuis longtemps, mais le pervers narcissique qui partageait ma vie m'avait convaincue que même échanger un mot avec mon ex équivalait à le tromper. Ce mensonge, cette manipulation, m'avait enfermée encore plus profondément dans sa toile.

Nous avons commencé à discuter, mon ex et moi. Rien de sérieux au départ, juste des messages échangés, des nouvelles, des souvenirs partagés. Mais ces discussions ont éveillé quelque chose en moi. Pendant ces longues semaines de conversations, je me suis souvenue de ce que c'était que d'être aimée pour de vrai. Aimée sans conditions, sans manipulations, sans jeux de pouvoir. Il m'a rappelé ce que j'avais autrefois, avant que cette relation toxique ne me brise.

Et là, une question m'a hantée : *Comment ai-je pu me contenter de si peu avec lui, quand j'avais connu une relation où l'on m'avait donné tant ?* Cette question me tourmentait. Comment avais-je pu me laisser entraîner dans un amour qui n'en était pas un, alors que je savais ce qu'était une vraie relation, une relation où j'étais respectée, où j'étais moi-même ?

La culpabilité me rongeait, mais elle m'a aussi libérée. Parce que dans cette comparaison, dans ces souvenirs, j'ai commencé à comprendre que ce que j'avais vécu n'était pas de l'amour. Je n'avais rien perdu. Au contraire, j'avais tout à gagner en retrouvant celle que j'étais avant lui.

Et puis, un jour, il est rentré. Mais cette fois, je savais ce que j'avais à faire.

Ce jour-là, je n'étais pas à la maison pour son retour. Ma mère était venue me rendre visite pour le weekend, et nous étions sorties nous balader. Une sortie simple, mais nécessaire pour respirer, pour me préparer à ce qui allait suivre. Je savais que son retour ne marquerait pas une simple fin de mission. Il serait le tournant final. Le moment où tout devait changer.

J'ai reçu un message de sa part dès qu'il est arrivé à la maison. Un message comme les autres, plein de reproches, de mensonges, dur et cinglant. Il me sommait de rentrer immédiatement et de lui apporter à manger. Comme si rien n'avait changé. Comme s'il pouvait encore me donner des ordres, comme si je lui devais encore quelque chose.

Mais cette fois, c'était trop. Il avait dépassé la dernière limite.

Lorsque je suis rentrée, ma mère à mes côtés, il était là, assis dans le salon, son visage fermé comme à chaque fois qu'il voulait asseoir son pouvoir. Nous avons échangé quelques banalités sur sa mission, sur son travail. Des mots vides, creux. Je ne faisais que jouer le jeu une dernière fois, en attente du moment où tout basculerait. Ma mère, sentant mon malaise, a vite pris le relais. Elle a discuté avec lui, calmement, naturellement, me laissant le temps de me remettre les idées en place. Pendant qu'elle parlait, je me répétais en boucle dans ma tête : *C'est fini. C'est fini.*

Pendant la nuit, je n'ai pas eu besoin de lui expliquer quoi que ce soit. Il a senti de lui-même qu'il n'était plus le bienvenu. Il a tenté une dernière fois de me manipuler, de jouer sur mes doutes, de faire ressurgir cette peur qui l'avait si longtemps aidé à me contrôler. Mais il a échoué. Il savait qu'avec ma mère présente à mes côtés, je n'étais plus seule. J'avais retrouvé cette force, cette confiance qui avait été étouffée pendant tant d'années.

Le lendemain matin, à l'aube, il est parti. Comme il était venu, sans bruit. J'ai regardé par la fenêtre alors qu'il quittait la maison, espérant que ce serait la dernière fois que je le verrais. Il a tenté, avant de s'en aller, de rallier ma mère de son côté, dans une ultime tentative de manipulation. Il voulait faire croire qu'il n'était pas responsable, qu'il avait changé, qu'il méritait une autre chance. Mais quand il a compris que ce serait en vain, il a tourné les talons et s'en est allé.

Je suis restée là, immobile. La porte se refermait, mais je savais que la vraie fermeture ne se ferait pas si facilement. Sa présence physique était partie, mais ses traces, elles, étaient encore profondément gravées en moi.

***

La reconstruction a été lente, douloureuse. Certains jours, je me regardais dans le miroir et je ne reconnaissais pas la femme brisée que j'étais devenue. Mon reflet me renvoyait l'image de quelqu'un d'épuisé, de quelqu'un qui avait survécu, mais qui portait encore les cicatrices invisibles de ce combat. J'avais beau être seule dans cette maison, les ombres de ce que j'avais vécu avec lui me suivaient partout.

Il y a eu des moments où je doutais. Des moments où j'avais peur de ne jamais m'en sortir, de ne jamais pouvoir tourner la page. Parfois, la culpabilité revenait, comme une vague soudaine, m'emportant dans une spirale de questions : *Aurais-je pu faire autrement ? Était-ce ma faute ? Avais-je été assez patiente ?*

Ces questions m'ont hantée, me réveillant la nuit, me faisant douter de ma propre valeur. Pendant si longtemps, il m'avait fait croire que je ne méritais pas mieux, que j'étais fautive, que je n'étais pas assez bien. Ces pensées revenaient par vagues, et certaines nuits, elles m'engloutissaient complètement.

Mais, jour après jour, ces questions ont commencé à s'estomper. Elles n'ont jamais complètement disparu, mais elles sont devenues plus faibles, plus lointaines. Chaque jour, je faisais un pas de plus. Un petit pas vers la guérison. Je me suis autorisée à pleurer, à ressentir la colère, à ressentir la douleur. Et ces émotions, que j'avais toujours refoulées par peur de ses réactions, sont devenues ma force.

Je me suis inscrite à une thérapie, avec l'aide de ma mère. Elle m'a soutenue dans cette démarche, m'encourageant à aller de l'avant, à affronter ce qui s'était passé. Les premières séances ont été les plus dures. Revisiter ces souvenirs, affronter la réalité de ce que j'avais subi, c'était comme ouvrir une plaie encore fraîche. Chaque mot que je prononçais me ramenait en arrière, me replongeait dans cette relation toxique. Mais, peu à peu, en parlant, en pleurant, en analysant, j'ai commencé à voir la lumière au bout du tunnel. Je commençais à me retrouver.

Il y a eu des victoires. De petites victoires d'abord, des choses simples : me préparer un repas, sortir prendre l'air, renouer avec des amis que j'avais perdus à cause de lui. Ces gestes, insignifiants en apparence, étaient en fait des pas énormes vers la liberté. Chaque petit acte d'indépendance me rappelait que je pouvais vivre pour moi, que je pouvais prendre soin de moi.

Puis, il y a eu des victoires plus grandes : avoir le courage de dire non, de mettre des limites, de ne plus m'excuser pour des choses qui n'étaient pas ma faute. Il m'avait tellement habituée à me remettre en question, à toujours croire que j'étais en tort, que retrouver cette capacité à affirmer mes besoins était une libération immense.

Il m'a fallu du temps pour comprendre que je n'étais pas la femme brisée qu'il avait façonnée à travers ses manipulations et ses coups. Je n'étais plus seulement une victime. J'étais une survivante. Une femme qui avait été brisée, oui, mais qui apprenait à se reconstruire, à reprendre le contrôle de sa vie.

Certains jours, c'était encore difficile. Les souvenirs revenaient parfois sans prévenir, et la douleur était toujours là, tapie dans l'ombre. Mais je savais maintenant qu'elle ne me définirait plus. Je pouvais avancer, malgré tout. Parce que chaque jour qui passait, je retrouvais un peu plus de cette femme que j'avais perdue, celle qui savait ce qu'elle voulait, celle qui ne s'excusait pas d'exister.

"La guérison est un chemin sinueux, mais chaque pas en avant est une victoire."
— Anonyme

VI. Chapitre
-
La peur d'aimer à nouveau

Il m'a fallu du temps. Beaucoup de temps.

Rencontrer des hommes à nouveau, envisager une nouvelle relation... c'était une montagne que je ne me sentais pas prête à gravir. Plusieurs mois, même des années sont passées avant que je ne puisse envisager l'idée d'ouvrir mon cœur à quelqu'un. Tout en moi résistait à cette idée. L'amour, dans mon esprit, était devenu synonyme de douleur, de trahison, de manipulation. J'avais été tellement brisée par ce que j'avais vécu, que la simple pensée de me retrouver à nouveau vulnérable devant quelqu'un m'effrayait.

Pendant tout ce temps, j'ai entamé un long processus de restauration. Pas seulement pour ma confiance en moi, mais pour ma propre identité. Je ne savais plus qui j'étais, ni ce que je méritais. Il avait tellement saboté mon image de moi-même que je ne voyais plus que ses critiques dans le miroir. J'étais hantée par cette voix intérieure qui me disait que je n'étais pas assez bien, pas assez forte, pas assez aimable. Cette voix était devenue la mienne, et c'est à moi que j'en voulais. Pas à lui. Non, je lui avais déjà donné trop de pouvoir. Mais à moi... pour être restée si longtemps, pour ne pas être partie avant, pour avoir permis qu'il me fasse croire que je ne valais rien.

J'ai donc commencé une thérapie avec un psychologue. C'était la seule manière de m'en sortir. J'avais essayé de me reconstruire seule, mais il y avait trop de blessures invisibles, trop de cicatrices que je n'arrivais pas à comprendre, à accepter. Chaque séance était une épreuve. C'était comme revisiter un champ de bataille intérieur, où chaque souvenir de cette relation toxique représentait un piège, une trappe prête à se refermer sur moi.

Je me souviens de cette première séance où j'ai dû prononcer les mots : *"Je ne me fais pas confiance."* C'était la première fois que je l'admettais à voix haute. Il avait détruit cette confiance, morceau par morceau. Et maintenant, je devais la reconstruire. Chaque jour, chaque semaine, je faisais un pas de plus vers cette version de moi-même que j'avais perdue.

J'avais fait un long travail sur moi-même. J'avais appris à me pardonner, à me reconstruire, à accepter que j'avais le droit de me tromper, le droit d'avoir été faible. Après des mois, des années à me battre pour retrouver ma confiance en moi, j'ai recommencé à faire des rencontres. J'ai mis du temps à comprendre ce que je voulais vraiment, ce que j'attendais d'un homme, mais aussi ce que je ne voulais plus jamais. J'avais été dure avec moi-même, trop dure. J'avais élevé des murs, dressé des critères rigides pour éviter toute nouvelle souffrance.

Je m'étais presque résignée. Je m'étais dit que si je rencontrais un homme gentil, même si je ne l'aimais pas vraiment, même s'il ne me plaisait pas, tant pis, je m'en contenterais. Parce qu'après tout, que pouvais-je espérer de plus ? L'amour, pour moi, était devenu un champ de mines. Et je pensais que, peut-être, je ne méritais plus le coup de foudre, ni la passion.

Et puis, un jour, j'ai rencontré quelqu'un. C'était aussi inattendu que surprenant. Ce n'était pas prévu, rien ne l'est vraiment, je suppose, surtout quand on n'est pas prêt. C'était une rencontre banale, comme tant d'autres. Un simple rendez-vous, qui sans grande attente de prime abord, m'avait emporté dans un tourbillon d'émotions. Nous n'arrivions pas à nous dire aurevoir... Il m'a raccompagnée chez moi, et tout à coup, j'ai su. Ça avait presque été un coup de foudre. Une sensation que je ne pensais plus jamais ressentir.

Il n'a pas cherché à m'impressionner, à être insistant ou intrusif. Il était simplement là, présent, doux, et surtout, sincère. Il semblait avoir toutes les qualités que j'espérais, même plus que ce que j'avais osé espérer après tout ce que j'avais vécu. Et c'est précisément ce qui m'a effrayée.

Tout de suite, les vieux réflexes sont revenus. Mon esprit a commencé à me jouer des tours. *Pourquoi est-il si gentil ? Pourquoi semble-t-il si parfait ?* Je n'arrivais pas à croire qu'un homme puisse être simplement sincère. Pour moi, la gentillesse cachait toujours une intention, un piège. Je ne pouvais m'empêcher de penser qu'il jouait un rôle, qu'il dissimulait quelque chose. *Personne n'est aussi parfait. Qu'est-ce qu'il veut vraiment ?*

Je me suis sabordée dès le début. J'ai commencé à mettre des barrières partout. Chaque compliment qu'il me faisait, chaque geste attentionné qu'il offrait, je le rejetais. Pas de manière flagrante, mais intérieurement. J'étais en mode survie. Je doutais de ses intentions, je doutais de sa sincérité, et surtout, je doutais de moi. *Suis-je vraiment assez bien pour lui ? Mérite-je vraiment cette douceur ?*

Je me sentais comme une imposteur dans ma propre vie. Une partie de moi se répétait que je n'avais pas droit au bonheur, que je ne méritais pas cet amour qu'il semblait vouloir m'offrir. Je guettais les moindres signes, les moindres gestes qui pourraient confirmer mes craintes. J'étais conditionnée à croire que l'amour était un jeu de pouvoir, une stratégie de manipulation. Et même quand il ne faisait rien de mal, même quand il était patient, respectueux, et qu'il m'attendait avec bienveillance, je m'attendais toujours à ce que le masque tombe, à ce que la vérité éclate et que tout s'effondre.

J'ai tenté de me saboter à plusieurs reprises. Je l'ai repoussé, parfois volontairement, parfois sans même m'en rendre compte. Quand il me demandait comment j'allais, je restais vague, distante. Quand il proposait de me revoir, je trouvais des excuses. Pas parce que je ne voulais pas le voir, mais parce que j'avais peur de m'attacher, de me laisser aller. J'avais peur que si je m'autorisais à l'aimer, tout finirait par s'effondrer. Et pourtant, je commençais à m'attacher, et c'était cela qui me terrifiait.

Il m'a fallu du temps pour comprendre que je n'étais plus dans cette ancienne relation. Que ce schéma toxique que j'avais connu ne se répéterait pas forcément. Mais cela, il m'a fallu des semaines pour l'accepter. Il m'a fallu du temps pour réapprendre à faire confiance, non seulement à lui, mais surtout à moi-même. Faire confiance à mes propres jugements, à mes instincts, qui avaient été si longtemps étouffés. Je devais accepter que je méritais mieux, que je pouvais être aimée sans condition, sans devoir me battre pour chaque geste d'amour. Et que ça, c'était la normalité.

Un jour, tout a changé. C'était un soir comme tant d'autres, après un rendez-vous où tout s'était bien passé. Il m'avait raccompagnée chez moi, et tout au long de la soirée, je m'étais battue contre cette petite voix dans ma tête, celle qui me disait que ça ne durerait pas, que ça finirait mal. Mais cette fois, je n'ai pas fuis. Je n'ai pas cherché d'excuses pour éviter la confrontation avec mes propres peurs.

Je lui ai parlé. Je lui ai ouvert mon cœur. Je lui ai dit la vérité, celle que je n'osais avouer à personne. Je lui ai dit que j'avais peur. Que j'avais été blessée. Que j'avais des cicatrices que je ne savais pas comment guérir. Que parfois, ces cicatrices m'empêchaient de croire qu'un homme pouvait simplement vouloir m'aimer sans me détruire.

Et ce soir-là, il m'a écoutée. Il ne m'a pas interrompue, il ne m'a pas dit que j'avais tort. Il ne m'a pas jugée. Il a simplement été là, patient, attentif, compréhensif. Et ce soir-là, j'ai compris quelque chose. Il n'était pas comme lui. Il ne cherchait pas à me manipuler, à me contrôler. Il voulait simplement être là, avec moi, malgré mes peurs, malgré mes doutes, malgré tout ce que j'étais encore en train de surmonter.

Ce fut un moment de libération. Un moment où j'ai réalisé que je pouvais avancer, même avec mes cicatrices. Que je pouvais aimer à nouveau, sans avoir à m'effacer, sans avoir à me transformer en quelqu'un d'autre. J'ai appris à accepter cette nouvelle relation, à accepter que l'amour pouvait être autre chose que souffrance et manipulation. Mais cela a pris du temps. Chaque pas que je faisais vers lui était un combat contre moi-même, contre ces vieux démons qui essayaient de me ramener dans le passé.

"Ceux qui s'aiment vraiment ne te demanderont jamais de te cacher de toi-même."

— Anonyme

VII. Chapitre
-

Le nouveau départ,

Se redécouvrir

Il m'a fallu du temps pour comprendre que ce que je vivais maintenant était différent. Radicalement différent. Ce n'était pas seulement une nouvelle relation, c'était un nouvel espace, un souffle d'air frais après des années d'étouffement. Mais au début, je ne voyais pas les choses ainsi. Je n'avais pas encore les outils pour comprendre que ce que je ressentais, cette tranquillité, cette absence de peur, c'était cela, la normalité.

Dans cette nouvelle relation, il n'y avait pas de menaces voilées, pas de jeux de pouvoir, pas de manipulations déguisées en amour. Il n'y avait que de la simplicité, du respect, de la patience. Et c'était précisément cette simplicité qui m'a troublée. Pendant si longtemps, l'amour avait été pour moi un combat, une lutte pour exister, pour être vue, pour être acceptée. Et là, tout cela n'avait plus de sens. Il m'aimait pour ce que j'étais, sans que je n'aie à prouver quoi que ce soit. C'était déroutant.

J'ai dû apprendre à accepter cette nouvelle forme d'amour. Cela n'a pas été facile. Pendant des mois, je me suis interrogée. *Pourquoi est-ce si simple ? Pourquoi n'y a-t-il pas de complications, de drames ? Est-ce que c'est vraiment de l'amour si ce n'est pas aussi dur, aussi dévorant ?* Je cherchais encore ces sensations auxquelles j'avais été conditionnée : la peur, la jalousie, l'instabilité émotionnelle. Celles-là, je les connaissais bien. Elles avaient été mon quotidien pendant trop longtemps.

Mais un jour, quelque chose a changé en moi.

C'était un matin tranquille. Un de ces jours où tout semblait en suspens, où la vie avançait sans bruit. Nous étions allongés côte à côte, les premières lueurs du jour filtrant à travers les volets. Je le regardais dormir, paisiblement, sans le moindre souci. À cet instant, j'ai réalisé à quel point cette relation était différente. Pas dans l'absence de drame, mais dans la présence de paix. J'étais avec quelqu'un qui me laissait être moi, sans essayer de me changer, sans chercher à me dominer ou à m'enfermer.

Je me suis tournée vers lui, et pour la première fois, je n'ai pas cherché de failles, je n'ai pas attendu qu'il révèle un visage caché. J'ai simplement ressenti ce moment. *C'est ça, le véritable amour*, me suis-je dit. Cette pensée m'a envahie d'une étrange sensation. Pas une explosion de bonheur, mais une douce reconnaissance. Un sentiment de sécurité que je n'avais jamais connu.

Mais il ne s'agissait pas seulement de lui. Cette paix, je la ressentais aussi parce que, pour la première fois, je commençais à m'aimer moi-même.

Il m'a fallu des années pour en arriver là. Des années à chercher cette validation à travers l'autre, à croire que je devais être aimée pour exister, pour avoir de la valeur. Je m'étais accrochée à cette idée qu'un homme pouvait me donner ce que je ne trouvais pas en moi :

l'estime, la confiance, l'amour. Mais j'avais tout faux.

C'est dans cette relation, cette simplicité, que j'ai appris la leçon la plus importante. Le véritable amour ne vient pas de l'autre. Il commence avec soi-même. Avant lui, je ne comprenais pas ce concept. Je pensais que c'était un cliché, une phrase qu'on lisait dans les livres ou qu'on entendait dans les films. Mais la réalité, c'est que l'amour de soi est le fondement de tout.

J'ai commencé à reconstruire cette confiance en moi, non pas parce qu'il m'aimait, mais parce que je commençais à me voir différemment. J'ai arrêté de me regarder à travers le prisme de la femme brisée que j'avais été. J'ai arrêté de me définir par les souffrances que j'avais endurées. J'ai commencé à me redécouvrir. À retrouver celle que j'étais avant tout cela. Celle qui avait des rêves, des ambitions, des envies, avant que la douleur ne vienne tout recouvrir.

Il y a eu un moment clé dans ce processus. Un moment où tout a changé.

C'était un après-midi ordinaire. Je m'étais fait faire un tatouage il y avait quelque mois. Ce tatouage représentait pour moi un symbole de liberté et d'émancipation vis avis de la femme, que j'avais été, de celle que j'étais et de celle que je voulais être... Je voulais qu'en le voyant je me souvienne toujours à quel point j'étais forte, à quel point j'étais belle...

J'étais seule chez moi, face au miroir, et pour une fois, je me suis regardée sans jugement. Pendant longtemps, je ne pouvais plus me voir sans me rappeler de tout ce que j'avais traversé. Mon reflet me renvoyait toujours cette image de la femme brisée, celle qui avait subi, qui avait enduré. Mais ce jour-là, quelque chose était différent. Je n'ai pas vu la victime. J'ai vu quelqu'un d'autre. Quelqu'un qui avait survécu, oui, mais qui avait aussi grandi, appris, évolué. Et cette marque indélébile sur ma peau était comme le trophée de ma victoire sur mon passé.

Je me suis souri. C'était un geste simple, mais il signifiait tellement.

Je réalisais que je n'avais pas besoin de quelqu'un d'autre pour me dire que j'étais forte. Je n'avais pas besoin d'être définie par l'amour ou le regard de quelqu'un d'autre. J'étais complète en moi-même. Et cette réalisation a été une libération. J'avais toujours cru que l'amour, le vrai, viendrait de l'extérieur. Mais ce jour-là, j'ai compris que le plus grand amour que je pouvais recevoir, c'était celui que je me donnais à moi-même.

J'ai commencé à prendre soin de moi de manière différente. Pas juste physiquement, mais mentalement, émotionnellement. J'ai appris à m'écouter, à respecter mes limites, à dire non quand il le fallait. J'ai appris à ne plus m'excuser pour des choses qui n'étaient pas de ma faute, à ne plus accepter des situations qui me faisaient du mal. J'ai compris que l'amour de soi, ce n'était pas de l'égoïsme, mais une nécessité.

Et c'est dans cet amour de moi que j'ai trouvé la liberté. La liberté d'aimer l'autre sans m'oublier. La liberté d'être dans une relation saine, sans peur, sans méfiance constante. J'ai appris que je pouvais aimer, sans que cela signifie souffrance ou sacrifice de soi.

Ce nouveau départ, cette redécouverte de moi-même, a marqué le début d'une nouvelle vie. Une vie où j'étais enfin à l'aise avec qui j'étais, où je n'avais plus à me cacher derrière les blessures du passé. J'étais une femme entière, une femme qui savait ce qu'elle méritait, et qui ne se contenterait plus jamais de moins que ça.

"La plus grande liberté est celle de devenir soi-même."
— Jim Morrison

VIII. Chapitre
-

Là où j'ai survécu,

j'ai appris à m'aimer

Aujourd'hui, je suis libre.

Ce mot, *liberté*, avait autrefois un goût amer, une illusion qui semblait à jamais hors de portée. Pendant des années, je pensais que j'étais piégée, condamnée à vivre sous le joug de quelqu'un d'autre, à me plier à ses attentes, à ses violences, à ses humeurs. Mais là où j'ai survécu, j'ai appris à m'aimer.

Je ne suis pas devenue cette femme forte du jour au lendemain. Il m'a fallu du temps, du courage, et beaucoup de larmes pour en arriver là. Mais chaque étape, chaque pas, aussi douloureux soit-il, m'a rapprochée de cette liberté que je goûte aujourd'hui. J'ai appris que la résilience ne signifie pas seulement endurer. Elle signifie renaître, redécouvrir qui l'on est, malgré les tempêtes qui nous ont brisées.

Je vis aujourd'hui une relation saine, respectueuse, basée sur l'amour mutuel et la psychologie positive. Ce n'est pas un conte de fées où tout est parfait, mais c'est réel, et c'est beau dans sa simplicité. J'ai appris que l'amour véritable ne fait pas mal, il ne demande pas de se sacrifier, de se taire ou de s'effacer. Il nourrit, il élève, il inspire.

Mais ce que j'ai surtout appris, c'est que le véritable amour commence par soi. Il est facile de dire qu'on s'aime, mais il est bien plus difficile d'en faire une réalité. Je croyais qu'être aimée par quelqu'un d'autre était la clé de ma valeur, que si quelqu'un me choisissait, alors j'avais une raison d'exister. Mais j'avais tort. J'ai dû déconstruire cette croyance, pierre par pierre, pour comprendre que ma valeur, je la tiens de moi-même.

Ce parcours, cette transformation, m'a montré que la liberté retrouvée ne se trouve pas seulement dans l'absence de l'autre. Elle se trouve dans l'acceptation de soi, dans la capacité à se regarder en face, avec ses failles, ses blessures, et à dire : *Je m'aime quand même. Je suis entière malgré tout ce que j'ai vécu. Je suis assez.*

À toutes celles qui traversent, ou ont traversé, des situations similaires à la mienne, je veux vous dire ceci : vous êtes plus fortes que vous ne le pensez. Vous méritez plus que ce que vous avez subi. Il y a une lumière au bout de ce tunnel, même si aujourd'hui, tout vous semble sombre et sans issue. Cette lumière, elle est en vous, même si elle vacille, même si elle semble éteinte.

La peur, la douleur, le doute, tout cela vous semble peut-être insurmontable aujourd'hui. Je le sais, je l'ai ressenti aussi. Mais il y a une vérité que vous devez toujours garder à l'esprit : ce que vous vivez en ce moment ne vous définit pas. Vous n'êtes pas les mots qu'on vous a dits, vous n'êtes pas les coups qu'on vous a portés, vous n'êtes pas les manipulations que vous avez endurées. Vous êtes bien plus que cela. Vous êtes une femme, avec une force inébranlable en vous, même si elle est enfouie sous les blessures.

Je ne dis pas que ce sera facile. La route est longue, elle est parsemée de doutes, de rechutes, de nuits sans sommeil où tout semble impossible.

Mais je vous promets que la libération est possible. Que la vie, la vraie vie, celle où vous vous choisissez enfin, est à portée de main.

Je me souviens encore de ces moments où je me regardais dans le miroir et ne reconnaissais pas la femme que j'étais devenue. Une femme brisée, vidée de son énergie, de sa joie, de son éclat. Mais petit à petit, j'ai commencé à me reconstruire. Chaque jour, chaque petite victoire, me rapprochait de cette femme que je suis aujourd'hui. Une femme qui n'a plus besoin de l'approbation des autres pour exister. Une femme qui sait que sa valeur ne dépend d'aucun homme, d'aucune relation, mais de son propre amour-propre.

Aujourd'hui, je regarde en arrière et je ne vois plus seulement la douleur. Je vois la force qui m'a permis de surmonter tout cela. Je vois les leçons que j'ai apprises, la patience que j'ai eue envers moi-même. Je ne regrette rien de ce parcours, car il m'a menée à cet endroit où je suis enfin moi, entièrement, sans compromis.

Mon message, à vous qui lisez ces mots, est simple : *N'abandonnez jamais*. Même dans les moments les plus sombres, même quand tout semble perdu, il y a toujours une étincelle en vous. Vous méritez d'être aimées, non seulement par quelqu'un d'autre, mais surtout par vous-mêmes. Vous avez le droit de poser des limites, le droit de dire non, le droit de partir.

L'amour n'est pas synonyme de souffrance. L'amour est une énergie positive, une lumière qui éclaire et non qui détruit. Et si vous ne le trouvez pas aujourd'hui, ne baissez pas les bras. La liberté ne réside pas seulement dans le fait de quitter une relation toxique. La véritable liberté est de réapprendre à vous aimer, à vous respecter, et à savoir, au plus profond de vous, que vous méritez le bonheur.

J'ai survécu à l'enfer, et j'ai appris à m'aimer. J'ai retrouvé la paix, la sérénité, et surtout, j'ai retrouvé *ma propre valeur*. Là où j'ai été brisée, j'ai appris à me reconstruire. Et cette reconstruction, elle m'a permis de découvrir une vie que je ne pensais plus possible : une vie d'amour, de respect, et de liberté retrouvée.

"Dans les profondeurs de l'hiver, j'ai découvert en moi un invincible été."
— Albert Camus

Épilogue

\-

Le commencement d'une nouvelle vie

Aujourd'hui, je regarde en arrière et, bien que les souvenirs soient encore vifs, ils ne me hantent plus. Ils sont devenus des chapitres clos, des leçons inscrites dans le passé. Là où je me croyais brisée, j'ai finalement appris à m'aimer, à reconstruire chaque fragment de moi-même pour devenir la femme que je suis aujourd'hui.

Il m'a fallu des années pour comprendre que l'amour véritable n'est jamais une prison, et que personne ne devrait se sentir piégé au nom de l'amour. J'ai appris, au fil du temps et des expériences, que le respect de soi est la clé de tout. Chaque pas que j'ai fait vers la guérison, chaque mot que j'ai posé sur ma douleur, m'a libérée un peu plus de cet enfer. Désormais, chaque battement de cœur est une célébration de cette liberté retrouvée.

Vivre une relation saine n'a pas été facile au début. J'ai dû déconstruire mes anciens schémas, affronter mes doutes, mes peurs, et mon besoin incessant de contrôle. Mais l'amour que je vis aujourd'hui est différent. C'est un amour qui ne cherche ni à dominer, ni à effacer. C'est un amour qui grandit avec le temps, fondé sur le respect mutuel et la bienveillance. Ce nouveau départ, c'est le cadeau que je me suis offert en choisissant de me reconstruire.

À toutes celles qui luttent encore dans l'ombre, qui cherchent leur chemin vers la liberté, je veux dire ceci : ne perdez jamais espoir. La guérison est longue, oui, mais elle est possible. Et la vie qui vous attend de l'autre côté de cette épreuve est bien plus belle, plus lumineuse, plus sereine que ce que vous pouvez imaginer aujourd'hui. Là où vous avez survécu, vous pouvez aussi apprendre à vous aimer.

Ce n'est pas la fin de mon histoire. C'est le début d'une nouvelle vie, une vie où l'amour est un choix libre et éclairé, une force douce et durable. Et, plus que tout, une vie où j'ai appris à être entière, libre et en paix avec moi-même.

Remerciements

Écrire ce livre a été un voyage, non seulement à travers les souvenirs, mais aussi à travers les émotions profondes et souvent douloureuses que j'ai dû revisiter. Ce processus n'a pas été facile, mais il a été nécessaire. Et il n'aurait jamais été possible sans le soutien des personnes qui m'ont entourée, guidée et encouragée à chaque étape de mon cheminement.

Tout d'abord, à ma mère, pour ta présence indéfectible, ton amour inconditionnel et ta patience. Tu as été mon ancre quand je me sentais à la dérive, et même dans les moments où je ne pouvais pas te parler de ce que je vivais, tu étais là, me soutenant silencieusement. Merci de ne jamais avoir cessé de croire en moi, même quand moi, je ne le faisais plus.

Je souhaite également remercier mes amis proches, ceux qui ont toujours été à mes côtés, même quand j'étais enfermée dans mon propre silence. Merci pour votre écoute, votre compréhension et votre amour. Vous m'avez rappelé que je n'étais pas seule, que je méritais mieux, et que je pouvais guérir. Vous avez été mes lumières dans l'obscurité.

À ma thérapeute, qui m'a aidée à redéfinir ma relation avec moi-même, à déconstruire les schémas toxiques que j'avais intégrés, et à comprendre que la guérison est un chemin, pas une destination. Merci de m'avoir aidée à retrouver ma voix, ma force, et à croire à nouveau en l'amour — mais surtout en l'amour de moi-même.

À celui qui partage ma vie aujourd'hui, merci d'avoir été patient, compréhensif, et de m'avoir offert un espace d'amour sain et respectueux. Tu m'as montré que l'amour n'est pas synonyme de contrôle ou de sacrifice, mais de soutien et de liberté. Ton respect et ta bienveillance m'ont permis de me reconstruire à mon rythme, sans pression. Merci d'être là, simplement, et de me permettre d'être moi-même.

Enfin, à toutes les femmes qui se reconnaîtront dans ces pages. À celles qui ont traversé l'enfer et en sont sorties, à celles qui se battent encore pour se libérer. Ce livre est pour vous. Vous êtes plus fortes que vous ne le croyez, et je vous remercie de m'inspirer chaque jour. Nous sommes toutes des survivantes, et ensemble, nous pouvons apprendre à nous aimer à nouveau.

Merci à vous toutes et tous, de m'avoir accompagnée dans ce voyage. Là où j'ai survécu, j'ai appris à m'aimer, et c'est grâce à vous que j'en suis arrivée là

"La liberté ultime est de pouvoir être qui l'on est vraiment."
— Jim Morrison

Table des matières

Préface
Introduction

Chapitre 1 : *L'enfer invisible*

Chapitre 2 : *En proie au doute*

Chapitre 3 : *Premiers éclats*

Chapitre 4 : *Le point de rupture*
Le jour où tout à basculé

Chapitre 5 : *La reconstruction après la rupture*

Chapitre 6 : *La difficulté d'entrer dans une nouvelle relation saine*

Chapitre 7 : *Le nouveau départ*

Chapitre 8 : *Conclusion*

Remerciements